Bianca

Rechazo cruel
Abby Green

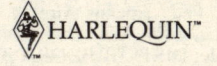

HARLEQUIN

Editado por HARLEQUIN IBÉRICA, S.A.
Núñez de Balboa, 56
28001 Madrid

© 2009 Abby Green. Todos los derechos reservados.
RECHAZO CRUEL, N.º 1993 - 14.4.10
Título original: Ruthlessly Bedded, Forcibly Wedded
Publicada originalmente por Mills & Boon®, Ltd., Londres.

Todos los derechos están reservados incluidos los de reproducción, total o parcial. Esta edición ha sido publicada con permiso de Harlequin Enterprises II BV.
Todos los personajes de este libro son ficticios. Cualquier parecido con alguna persona, viva o muerta, es pura coincidencia.
® Harlequin, logotipo Harlequin y Bianca son marcas registradas por Harlequin Books S.A.
® y ™ son marcas registradas por Harlequin Enterprises Limited y sus filiales, utilizadas con licencia. Las marcas que lleven ® están registradas en la Oficina Española de Patentes y Marcas y en otros países.

I.S.B.N.: 978-84-671-7937-8
Depósito legal: B-6830-2010
Editor responsable: Luis Pugni
Preimpresión y fotomecánica: M.T. Color & Diseño, S.L.
C/ Colquide, 6 portal 2 - 3º H. 28230 Las Rozas (Madrid)
Impresión y encuadernación: LITOGRAFÍA ROSÉS, S.A.
C/ Energía, 11. 08850 Gavá (Barcelona)
Fecha impresion para Argentina: 11.10.10
Distribuidor exclusivo para España: LOGISTA
Distribuidor para México: CODIPLYRSA
Distribuidores para Argentina: interior, BERTRAN, S.A.C. Vélez Sársfield, 1950. Cap. Fed./ Buenos Aires y Gran Buenos Aires, VACCARO SÁNCHEZ y Cía, S.A.
Distribuidor para Chile: DISTRIBUIDORA ALFA, S.A.

Prólogo

VICENZO Valentini miró durante un largo rato los fríos rasgos de la mujer muerta. Su hermana pequeña. Sólo tenía veinticuatro años y toda la vida por delante. Pero ya no. Esa vida se había apagado en un terrible accidente de coche y él había llegado demasiado tarde para evitarlo, para protegerla.

Debería haber seguido sus instintos y haberle insistido en que volviera a casa semanas antes... Si lo hubiera hecho, se habría dado cuenta del peligro en que se encontraba su hermana.

Ese pensamiento le hizo apretar los puños mientras el dolor y la culpabilidad lo invadían. Luchó por mantener el control, tenía que calmarse y llevarse a su hermana a casa. Su padre y él la llorarían allí, y no en ese frío país donde la habían seducido aprovechándose de su inocencia, marcando así el oscuro camino que la había conducido hasta ese trágico final. Alargó una temblorosa mano y deslizó un dedo sobre una mejilla helada. Eso casi lo hundió. El accidente no le había marcado la cara y eso hacía que fuera más difícil de soportar todavía, porque le parecía que su hermana volvía a tener ocho años, cuando se aferraba con fuerza a su mano. Haciendo acopio de todo su control, se inclinó hacia delante y la besó en su húmeda frente sin vida.

Se giró bruscamente y, con una voz ronca por el dolor, dijo:

—Sí. Es mi hermana. Allegra Valentini —una parte de él no podía creer que estuviera pronunciando esas palabras, que no se tratara de una terrible pesadilla. Se apartó a un lado para dejar que el empleado de la morgue subiera la cremallera de la funda que envolvía el cuerpo.

Vicenzo murmuró algo ininteligible y salió de la sala embargado por una claustrofóbica sensación para dirigirse al hospital, deseando respirar algo de aire fresco. Aunque era una estupidez porque el hospital se encontraba exactamente en mitad de un Londres cargado de humo.

Una vez fuera, respiró hondo, ignorando las miradas que atraía con su cuerpo alto y esbelto y su magnífico físico de piel aceituna. Parecía un dechado de potente masculinidad contra el telón de fondo del hospital bajo la luz de la mañana.

No veía nada más que el dolor que sentía por dentro. El doctor lo había descrito como un trágico accidente, pero Vicenzo sabía que había sido mucho más que eso. Dos personas habían muerto en el choque: su hermana, su bella, querida e indomable Allegra, y su artero amante, Cormac Brosnan. El hombre que la había seducido premeditadamente, con una mano puesta sobre su fortuna y con la otra evitando que Vicenzo interfiriera. La rabia volvía a arder en su interior. No había presentido lo que Brosnan tramaba hasta que ya había sido demasiado tarde y ahora lo sabía todo, pero esa información ya no suponía nada porque no servía para traer de vuelta a Allegra.

Pero una persona había sobrevivido al choque. Una persona había salido de ese hospital justo una hora después de que la hubieran atendido la noche anterior. Recordó las palabras del doctor:

«No tiene ni el más mínimo rasguño en su cuerpo, es realmente increíble. Era la única que llevaba el cinturón de seguridad y no hay duda de que eso le salvó la vida. Es una mujer afortunada».

Una mujer afortunada. Cara Brosnan. La hermana de Cormac. Los informes decían que era Cormac el que conducía, pero eso no hacía que Cara Brosnan fuera menos responsable. Vicenzo apretó los puños con más fuerza, tenía la mandíbula tan tensa que se estaba haciendo daño. Había tenido que enfrentarse al desmoralizador momento en que el médico le había informado de que su hermana tenía altos niveles de drogas y alcohol en el organismo.

Cuando su conductor se detuvo frente a las escaleras del hospital, se obligó a moverse y se sentó en el asiento trasero. Según se alejaban de ese nefasto lugar, tuvo que contener un momento de pánico en el que sintió la necesidad de decirle al conductor que se detuviera y volver para ver a Allegra una última vez; como si tuviera que asegurarse de que estaba realmente muerta, de que se había marchado para siempre.

Pero no lo hizo y controló ese momento de pánico. Estaba muerta y su cuerpo era lo único que yacía allí. Era consciente de que ésa había sido la única vez en años que algo lo había golpeado a través del alto muro de hierro que había levantado para proteger sus emociones... y su corazón. Desde ese momento se había vuelto más fuerte e impermeable y ahora tenía que hacer uso de esa fuerza. Sobre todo por el bien de su padre. Tras conocer la muerte de su única y amada hija, había sufrido un leve infarto y seguía en el hospital.

Atrapados en la hora punta londinense, su menté volvió a centrarse en la mujer que había tenido mucho que ver en ese terrible y trágico día. El hermano de esa mujer estaba muerto, pero los dos eran igual de culpables por lo que habían planeado juntos. Eran un equipo y Vicenzo sabía que no descansaría hasta que la obligara a sentir parte del dolor que él estaba sintiendo ahora. El hecho de que ella hubiera salido del hospital tan poco tiempo después del choque, hacía que ese amargo sentimiento fuera más fuerte todavía. Había salido ilesa e impune.

Ahora tenía que esperar antes de poder llevarse a casa a su hermana, donde la enterrarían con sus antepasados mucho antes de lo que debería haber sido.

Observó las concurridas calles por las que pasaban personas centradas en sus asuntos y a las que no les importaba nada el resto del mundo. Cara Brosnan era una de esas personas.

Y en ese mismo momento, Vicenzo supo que haría todo lo posible por encontrarla y hacerle enfrentarse a lo que se merecía.

Capítulo 1

Seis días después

—Pero Rob, estoy bien para trabajar y mañana regreso a Dublín. No es que esté al otro lado del mundo —Cara no pudo evitar que la voz le temblara.

—Sí, claro, y yo acabo de ver un cerdo volando. Siéntate en ese taburete antes de que te caigas. No vas a trabajar en tu última noche aquí. Te he prometido el sueldo de dos semanas y aún te debemos las propinas —le dijo el guapo hombre mientras le servía una copa de brandy—. Toma. Ayer, en el funeral, parecía como si fueras a caerte redonda.

Cara se dio por vencida y se sentó en el alto taburete. Lo que la rodeaba era un lugar oscuro, cálido y familiar, que había sido su hogar durante los últimos años. La emoción la embargó ante las atenciones de su viejo amigo.

—Gracias, Rob. Y gracias por venir conmigo ayer. No creo que pudiera haberlo hecho sola. Significó mucho para mí que Barney, Simon y tú estuvierais allí.

Él se acercó y le agarró la mano.

—Cielo, de ningún modo habríamos dejado que pasaras por eso tú sola. Cormac ya se ha ido. Se acabó. Y ese accidente no fue culpa tuya, así que no quiero volver a oír una palabra al respecto. Es un milagro que no te arrastrara con él. Sabes muy bien que era cuestión de tiempo que sucediera algo.

«Sí, pero podría haber intentado detenerlos... proteger a Allegra...». Esas palabras resonaban en la cabeza de Cara. Las palabras de Rob pretendían reconfortarla, pero no hacían sino remover las amargas emociones que siempre estaban presentes; el terrible sentimiento de culpabilidad por no haber logrado evitar que Cormac no condujera esa noche. Se había subido en el coche con ellos porque estaba sobria y quería asegurarse de que no cometían ningún descuido...

Pero Rob no necesitaba saberlo.

Cara le sonrió, intentando hacerle creer que se encontraba bien.

—Lo sé.

—¿Lo ves? Ésa es mi chica. Ahora, bébete eso y te sentirás mucho mejor.

Cara hizo lo que le dijo, arrugando la nariz mientras el líquido le quemaba la garganta. Sintió el efecto de inmediato, cálido y relajante. Movida por un impulso, se inclinó sobre la barra y llevó a Rob hacia sí, para besarlo en los labios y abrazarlo. Significaba mucho para ella y no podía imaginar lo vacía y desesperada que sería su vida sin tenerlo como amigo.

Él la abrazó con fuerza antes de apartarse y besarla en la frente.

—Parece que los primeros clientes están llegando.

Cara se giró para mirar atrás y vio una figura alta a través de la franja que quedaba entre las gruesas cortinas que separaban la barra VIP del resto del club. Por alguna razón que desconocía la recorrió un escalofrío, aunque no le dio importancia y se volvió para mirar a Rob. Decidió que se marcharía enseguida. Tenía poco equipaje que hacer para volver a casa, a Dublín, pero gracias a ello estaría lista cuando, por la mañana, llegara el abogado para tomar posesión de las llaves del apartamento. De pronto la idea de regresar a ese enorme y vacío piso sin alma la atemorizó al recordar la visita que había recibido allí mismo la noche anterior, tras el funeral.

Cormac, su hermano, la había dejado únicamente con la ropa que llevaba encima. Desde que sus padres murieron y él se había hecho cargo de su hermana de dieciséis años, no había dejado de dejar constancia de que lo enfurecía esa obligación fraternal que le habían impuesto. Pero pronto se había aprovechado de la presencia de Cara, al verla como una asistenta del hogar interna. Ella no se había esperado nada más, pero había sido un gran impacto descubrir que su hermano no sólo tenía unas deudas astronómicas, sino que...

Rob la sacó de esos pensamientos al reclamar su atención y ella se sintió agradecida.

—Cielo, no mires, pero esa figura que estaba mirando aquí dentro es el espécimen de hombre más divino que he visto en la vida. No lo echaría de la cama por hablar demasiado, eso seguro.

Por alguna razón, Cara volvió a sentir ese extraño escalofrío, pero sonrió a Rob, agradecida por la distracción que le ofrecía.

—Oh, vamos. Eso lo dices de todos.

—No. Éste... no se parece a ninguno que haya visto antes, pero por desgracia la intuición me dice que es heterosexual. Oh, aquí viene. Debe de ser alguien importante. Cara, cielo, levántate y sonríe. Te digo una cosa, un pequeño flirteo y una noche ardiente con un hombre así te harán olvidar para siempre los recuerdos sobre el tirano de tu hermano. Es lo que necesitas ahora mismo, un poco de diversión antes de volver a casa y empezar de nuevo.

Y entonces, vio a Rob dirigir su atención hacia el misterioso extraño, cuya presencia podía sentir a su lado.

—Buenas noches, señor —le dijo Rob alegremente—. ¿Qué le pongo?

A Cara se le erizó el vello ante la presencia del hombre y decidió hacer caso omiso del consejo de su amigo. No tenía la más mínima intención de dejarse llevar por una noche de pasión con nadie, y mucho menos con un completo desconocido. Sobre todo, la noche después del funeral de su hermano, y especialmente porque en sus veintidós años de edad nunca había experimentado ninguna clase de pasión.

Con la intención de marcharse, se giró sobre el taburete, pero antes de poder darse cuenta se vio cara a cara con el extraño, un ángel caído que la estaba mirando fijamente. Un oscuro ángel caído, con unos brillantes ojos verdes y dorados bajo unas largas y negras pestañas. Cejas negras. Pómulos altos. Unos labios que Cara deseó besar en ese mismo instante, para sentirlos y saborearlos.

En cuestión de segundos, además de darse cuenta de que tenía unos hombros muy anchos y de que mediría más de un metro ochenta, supo que tenía la clase de cuerpo que le volvería loco a Rob. Llevaba un grueso abrigo, pero por debajo del botón de arriba de la camisa se veía una suave piel aceituna y un escaso y crespo vello negro.

Cara no podía entender la ardiente sensación que invadía su cuerpo, el crepitar en su sangre cuando sus miradas se quedaron enganchadas durante lo que parecieron siglos. Se le cortó la respiración y sintió un mareo, como si se tambaleara. ¡Y eso que seguía sentada en el taburete!

—¿Señor?

El hombre esperó un instante antes de mirar a Rob e indicarle algo. Cara se sintió como si hubiera estado suspendida en el aire y ahora, de pronto, estuviera precipitándose de vuelta a la tierra. Fue una sensación de lo más extraña. La voz del hombre era profunda y grave, acentuada, y antes de que pudiera darse cuenta, Rob estaba sirviéndole otra copa de brandy.

–Es de parte del caballero.

Rob se alejó mientras silbaba en voz baja.

–Oh, no, de verdad. Iba a marcharme ahora mismo...

–Por favor. No te marches por mí.

Esa voz dirigida directamente a ella la golpeó como si fuera una bola de demolición. Era intensa y tenía ese delicioso acento extranjero. Cuando él le sonrió, la habitación pareció darle vueltas.

–Yo... –dijo Cara, sin lograr nada.

El hombre se quitó el abrigo y la chaqueta revelando el impresionante cuerpo que Cara había sospechado que se escondería debajo. Su ancho torso estaba a escasos centímetros de ella y el tono oscuro de su vello era visible a través de la seda de la camisa, en la que se marcaban unos definidos pectorales. Se sentó en un taburete a su lado y entonces ella supo que estaba perdida porque en cuestión de segundos ese completo desconocido había despertado su cuerpo de un letargo de veintidós años.

–Bueno... está bien. Me tomaré la copa a la que me has invitado –logró decir antes de agarrar el vaso.

–¿Cómo te la llamas?

–Cara. Cara Brosnan –respondió tras pensar en ello por un segundo.

Él le dirigió una mirada enigmática.

–Cara... –pronunció el hombre con un sensual acento haciendo que a ella se le pusiera la piel de gallina.

En una pequeña porción de su desconcertado cerebro, se preguntó si se había vuelto loca y a qué se debía esa inesperada reacción. ¿Estaría provocada por el impacto de los últimos días? ¿Por el gran dolor que sentía? Porque, aunque no podía decir que quisiera a su hermano después de los muchos años en los que había abusado de ella, no habría sido humana si no hubiera llorado la mejor parte de él y el hecho de que ahora ya no le quedara familia. Sin embargo, sentía más pena por Allegra, la novia de su hermano, que también había muerto en el accidente de coche.

—¿Y eres de...? —le preguntó el hombre enarcando una ceja y adquiriendo así un aspecto algo diabólico.

—Irlanda. Regreso allí mañana. He estado viviendo aquí desde que tenía dieciséis años, pero ahora vuelvo a casa.

Cara estaba balbuceando y lo sabía. Él la estaba mirando con intensidad, como si quisiera meterse en su cabeza, y enseguida ella supo que un hombre como ése podía consumirla por completo. Al pensar en ello, sintió un calor en su vientre y humedad entre las piernas. Estaba perdiéndose en sus ojos mientras él la miraba.

—En ese caso, brindo por los nuevos comienzos. No todo el mundo tiene la suerte de volver a empezar.

Cara captó cierta intención en su voz, pero él estaba sonriendo. Brindaron, bebieron y en ese momento Cara sintió el deseo de seguir conversando con él.

—¿Y tú? ¿Cómo te llamas y de dónde eres?

Él tardó algo de tiempo en responder, como si estuviera meditando sobre ello, pero finalmente dijo:

—Soy de Italia... Enzo. Encantado de conocerte.

A Cara se le cortó la respiración. Allegra también

era de Italia, de Sardinia. Era una coincidencia, y muy dolorosa, por cierto. Él extendió una gran mano de dedos largos y Cara se la estrechó con su pequeña mano cubierta de las pecas que tanto había detestado durante años.

Impotente por el torrente de sensaciones que estaban recorriéndole el cuerpo ante su tacto, se le secó la boca y lo miró con intensidad mientras él le dedicaba una sexy y devastadora sonrisa.

«¡Oh, Dios mío!».

Finalmente, Cara retiró la mano y la escondió bajo la pierna. De pronto sintió la necesidad de alejarse de esa intensidad, no estaba acostumbrada a algo así. Estaba asustadísima y bajó del taburete como pudo, aunque al hacerlo rozó el cuerpo del hombre provocando diminutas explosiones dentro de ella.

–Discúlpame. Tengo que ir al lavabo.

Con piernas temblorosas, salió de la zona VIP y cruzó el club, que estaba llenándose con rapidez y cuya música se oía a través de las cortinas de terciopelo. Entró en el aseo, cerró la puerta y se apoyó en el lavabo. Vio su reflejo en el espejo y sacudió la cabeza. Estar lejos de ese hombre no la estaba ayudando a calmarse ni a mitigar el rubor de sus mejillas. Tenía su imagen clavada en la mente.

¿Por qué le estaba pasando eso? ¿Y precisamente esa noche? Ella no tenía nada de especial: cabello rojo oscuro largo y liso, ojos verdes con tonos avellana y una piel clara y pecosa. Demasiado pecosa. Un cuerpo larguirucho y nada de maquillaje. Eso era todo lo que veía.

De pronto la invadió una extraña euforia: al día siguiente volvería a casa y se alejaría de Londres, que nunca había sido su hogar. El hecho de que ese club y sus empleados hubieran sido como su casa después de la muerte de sus padres, lo decía todo.

Pero entonces, de pronto, el terrible recuerdo del accidente volvió a incrustarse en su cerebro. Fue como revivir una película de miedo; ese momento en el que vio el coche ir hacia ellos y fue incapaz de gritar a Cormac para avisarlo. Sintió un fuerte dolor en su interior y bajó la mirada. ¿Cómo podía haberse olvidado por un segundo de la tragedia acaecida hacía escasos días y de la que, según los médicos, había sobrevivido milagrosamente?

Enzo. El corazón se le detuvo un instante antes de volverle a latir. Él le había hecho olvidar por un momento y le estaba haciendo olvidar en ese mismo instante. Volvió a mirarse en el espejo ignorando el brillo de sus ojos; no le sorprendería que él se hubiera marchado cuando volviera a la barra. Conocía demasiado bien a esa clase de hombres; los que frecuentaban el pub eran hombres de negocios que competían por ver quién compraba el champán más caro y quién se iba con las mujeres más bellas.

Sin embargo, Cara tenía que ser sincera consigo misma porque Enzo no le había dado esa impresión. Parecía demasiado sofisticado. No había duda de que era rico, eso se veía a la legua, y sólo ese detalle la hacía estremecerse porque ya había visto a demasiados millonarios y detestaba la obsesión de muchos de ellos por el poder. Contempló la idea de pedirle a uno de sus compañeros que fuera a la barra para recuperar sus cosas y así evitar volver a verlo, pero decidió despojarse de su miedo. Podría ocuparse de la situación... si es que él seguía allí...

Sin embargo, cuando Cara volvió a entrar en la zona VIP, Enzo ya se había ido y, a pesar de habérselo esperado, la invadió una fuerte decepción. Aún estaba intentando controlar esa reacción cuando Joe, uno de los camareros, le entregó una nota:

Cielo, he tenido que irme... una crisis doméstica con Simon. ¡Te llamo mañana antes de que te marches! Robbie.

De nuevo, decepción, ya que había tenido la esperanza de que la nota fuera de Enzo, lo cual era ridículo ya que sólo habían hablado durante escasos minutos.

Cuando estaba recogiendo su teléfono y su abrigo, oyó un ruido tras ella, una voz familiar.

−¿Es demasiado tarde para pedirte que tomes otra copa conmigo?

¡No se había ido! Un gran alivio la embargó y sintió que no quería que ese hombre volviera a alejarse de ella. Se giró y, al mirarlo a la cara, volvió a perderse en esos fascinantes ojos y quedó cautivada por la brusca belleza de su rostro.

−Bien. He reservado una mesa privada y he pedido una botella de champán.

Cara se vio incapaz de responder con coherencia y Enzo la tomó del brazo para llevarla hacia la mesa.

−Bueno −dijo él−. Pues aquí estamos.

Se inclinó hacia delante y su rostro quedó iluminado por la suave luz de la lámpara que pendía sobre sus cabezas. Sin duda era el hombre más guapo que había visto en su vida.

−Dime, ¿vienes mucho por aquí?

Cara sonrió.

−Es como mi segunda casa −inmediatamente imaginó lo mal que debían de haber sonado esas palabras y se apresuró a aclararlo−. Eso es porque...

En ese momento una camarera apareció allí con el champán interrumpiendo la explicación de Cara y, para cuando volvieron a quedarse solos y Enzo sirvió las copas, ya había olvidado cuál había sido la pregunta.

–Brindo por esta noche.

–¿Por qué por esta noche?

–Porque creo que va a ser... catártica –respondió él antes de dar un sorbo de champán.

Qué cosa tan rara por la que brindar, pensó Cara, que también bebió saboreando las burbujas que le recorrían la garganta. No podía creer que estuviera allí sentada, con su vestido de trabajo y bebiendo champán con ese enigmático hombre. En todo el tiempo que llevaba trabajando allí, nunca había conocido a nadie como él, y eso que por ese exclusivo local pasaban los hombres más ricos del mundo; las presas favoritas de su hermano, y la razón por la que ella había conseguido empleo allí.

Al menos el vestido era lo suficientemente apropiado: sencillo y negro. La única pega era que era demasiado corto, pero Simon, el novio de Rob, insistía en que diera el aspecto de ser la chica más importante del local. Y con Barny allí para protegerla de las malas intenciones de algunos, por lo general evitaba situaciones comprometidas. Algo de lo que Simon había sido consciente al contratarla, ya que la vio demasiado joven como para trabajar en el club. Al final había decidido darle un puesto en la puerta.

–Háblame de ti, Cara.

Estaba haciéndolo otra vez, pronunciando su nombre con ese sutil acento, y entonces Cara se dio cuenta de que deseaba hacer exactamente lo que Rob le había sugerido: dejarse llevar y permitir que ese extraño la ayudara a olvidar su dolor y su pesar.

Para sufrir ya tendría tiempo cuando volviera a casa e intentara comenzar de nuevo. Al pensar en ello, la amenaza de la noche anterior volvió a colarse en su cabeza, pero logró volver a enterrar su miedo. Por el momento, y al lado de ese hombre, podía fingir que todo iba bien... ¿o no?

Enzo enarcó las cejas.
—¿Tienes un título en Empresariales?
Cara asintió, orgullosa del título que había obtenido por fin hacía escasas semanas, y no muy segura de por qué él se mostraba tan incrédulo. Tal vez era uno de esos hombres que no creía que las mujeres pudieran estudiar y trabajar, aunque, por otro lado, no parecía ser de esa clase. La botella de champán estaba medio vacía y sentía una deliciosa sensación en la cabeza.
—¿Pero no has ido a la universidad?
—¿Te lo he dicho? —qué curioso, no recordaba haberle contado que había hecho el curso a distancia, desde casa—. Tienes razón, no he ido —estaba preguntándose cómo habían acabado hablando de ese tema cuando se oyó un pitido y él se disculpó para responder al teléfono. Al oír que decía algo sobre un padre enfermo, Cara le hizo una seña indicándole que le dejaría hablar en privado, pero él la detuvo agarrándola por el brazo.
Mientras hablaba en un fluido italiano, la miraba a los ojos y le acariciaba el interior de la muñeca. Cara tuvo que contenerse para no emitir un gemido, pero no pudo dejar de mirarlo y tampoco se apartó, a pesar de saber que con ello estaba dándole una señal tácita. ¡Era una locura!
Él terminó la conversación y la soltó con brusquedad, como si se arrepintiera de haberla agarrado.

–¿Va todo bien?
Le vio apretar la mandíbula mientras la miraba con intensidad.
–Es hora de salir de aquí.
¿Quería decir que se fueran juntos? No. ¿Por qué iba a querer un hombre así irse con ella?
–Mañana me espera un día duro, será mejor que yo también me vaya. Gracias por las copas.
Enzo ya había pagado y no hizo caso cuando ella intentó darle parte del dinero, algo que para Cara fue un alivio, porque aunque no le gustaba que nadie le pagara nada, no tenía demasiado dinero en el monedero. Rob se había marchado antes de poder darle el dinero de las propinas y aún faltaban un par de semanas hasta que recibiera el cheque de su último sueldo.
Juntos salieron del club para adentrarse en la oscuridad de las calles y el frío aire de comienzos de primavera. Era casi medianoche. Cara se estremeció levemente cuando Enzo la ayudó a ponerse el abrigo y le apartó su larga melena rozándole el cuello. Justo en ese momento alguien que hacía cola en la puerta del local la llamó y Enzo apartó las manos. Ella se giró y saludó con la mano a una actriz que frecuentaba el local.
–¿Es amiga tuya?
Cara se giró hacia Enzo, el corazón le latía con fuerza.
–No exactamente –dio un paso atrás, aunque descubrió que alejarse de él era más difícil de lo que quería admitir–. Mira, gracias por todo... y por las copas. Me ha gustado charlar contigo.
Él se la quedó mirando con las manos metidas en los bolsillos.
–¿De verdad quieres irte?
A ella se le helaron el corazón y el cerebro.

—¿Qué has dicho?
—Ven a mi hotel conmigo.
No era una pregunta, era prácticamente una orden que volvió a acelerarle el corazón. ¿Pero a quién intentaba engañar? No estaría preparada para un hombre tan viril como Enzo ni en un millón de años. Y sin embargo, mientras pensaba eso, su cuerpo se despertó haciéndole creer que él era el único hombre del mundo con el que podría hacer el amor.

Confundida, se apartó negando con la cabeza.
—Lo siento, yo no... —«no hago esa clase de cosas porque nunca antes lo he hecho». Independientemente de lo que su cuerpo pudiera estar diciéndole, su cabeza le estaba advirtiendo que saliera corriendo en la otra dirección.

Enzo estaba bajo la farola; tenía unos hombros enormes, un cuerpo esbelto e impresionante, y un rostro oscuro y pecaminoso. Todo lo que tenía que ver con él resultaba pecaminoso. Recordó las palabras de Rob. ¿Podría ese hombre hacerle olvidar? Sin embargo, mientras pensaba en ello para tomar una decisión, Enzo retrocedió. Al parecer, había perdido la oportunidad y eso la hizo sentirse decepcionada.

—*Allora, buonanotte*, Carla.

En ese instante, ella se dio cuenta de que nunca más volvería a ver a ese hombre y de pronto se preguntó cómo sería besarlo. Por otro lado, se recordó que todo eso formaba parte de una fantasía porque él estaba fuera de su alcance y, además, ¿no detestaba a los hombres que entraban en el club? Sin embargo, una voz dentro de ella le decía que tal vez era diferente.

Su recién despertado cuerpo parecía estar pidiéndole a gritos que le dijera: «Sí, espera, acepto tu ofrecimiento», pero en lugar de eso, dijo:

–Buenas noches, Enzo.

Se giró bruscamente y se alejó, con la respiración acelerada y el corazón palpitando con tanta fuerza que temió que se le fuera a salir del pecho. Y, por ridículo que parezca, en ese momento se sintió más sola de lo que se había sentido en toda su vida hasta la fecha. Cuando las lágrimas se acumularon en sus ojos, decidió que debían de ser causa de todos sus problemas y de la terrible semana que había pasado, y no de la increíble noche que había surgido como de la nada.

Al pasar por delante de la cola de gente que aguardaba para entrar en el club, oyó a una chica decir:

–Míralo... debe de estar loca para no irse con él...

Cara se detuvo en seco y se giró lentamente. Enzo ya no estaba mirándola, y ella podía verlo de espaldas esperando a que le entregaran su coche; podía ver su ancha espalda, su cabello negro, la masculina belleza de su cuerpo y el poder que denotaban su orgullosa pose y su altura. Pensar en no volver a verlo nunca le estaba causando un fuerte revuelo dentro del pecho.

De pronto no fue consciente de que sus pies la estaban arrastrando hacia una inevitable dirección: de vuelta a él. Y al instante se encontraba allí, tras él, aliviada. Le dio un toquecito en la espalda. Inmediatamente él se giró.

–¿Has cambiado de idea?

La sardónica arrogancia y el cinismo de su expresión no tuvieron ningún efecto en la patética debilidad que la había hecho volver a él. No pudo responder. Nunca en su vida había hecho algo tan impulsivo, aunque por otro lado, nunca había deseado ni nada ni a nadie con tanto anhelo. Se sentía protegida al pensar que se trataría de una única noche con ese maravilloso hombre y que después dejaría que todo su dolor y toda su pena volvieran. Pero durante las horas que estaban por delante podría ser otra persona. No la chica que se quedó huérfana con dieciséis años, ni la hermanita de la que se aprovechó su hermano mayor mientras ella esperaba que cambiara. Tampoco sería la chica que trabajaba día y noche para obtener una titulación. Ni la chica que se había visto involucrada en un terrible accidente de coche al que sólo ella había logrado sobrevivir.

Quería aferrarse a ese momento en el que podía dejarse llevar por la pasión, y así le respondió:

—Sí. Me gustaría acompañarte al hotel.

Capítulo 2

UN CHÓFER los llevaba hacia el hotel. Al instante de subir al coche, Cara se había puesto nerviosa porque el accidente aún estaba muy reciente en su cabeza, pero ante la mirada de Enzo, se había obligado a relajarse. No obstante, aún tenía las manos apretadas bajo los muslos y un ligero sudor le había cubierto la frente. El silencio los envolvía dentro del lujoso vehículo y ella podía sentir el calor que desprendía el cuerpo de Enzo, pero no lo miró. No podía hacerlo. Aunque, por alguna razón que no podía entender, estar a su lado la hacía sentirse bien. A medida que el coche avanzaba entre el tráfico, su miedo se iba disipando. Se sentía segura.

Cuando el coche se detuvo ante la puerta de un exclusivo pero discreto hotel, ese detalle se sumó al halo de misterio de Enzo porque se habría esperado que estuviera alojado en un lugar más ostentoso. Ese hotel era conocido por proteger la privacidad de sus famosos y poderosos clientes.

Enzo bajó del coche y le tendió la mano a Cara, que después de cerrar los ojos y respirar hondo, la aceptó. La llevó hasta el vestíbulo, donde el conserje lo saludó en italiano. Cuando subieron al ascensor seguían sin dirigirse palabra; ni siquiera hubo un intercambio de miradas. Cara estaba ardiendo por dentro y podía sentir sus pezones endurecidos contra la tela de su vestido.

Cuando se abrieron las puertas, se adentraron en un lujoso pasillo con una única puerta al fondo. Enzo abrió la puerta de su suite y Cara lo siguió hasta dentro, con los ojos abiertos como platos ante la espléndida habitación diseñada como una biblioteca victoriana.

Él le había soltado la mano para quitarse el abrigo y la chaqueta y se dirigió hacia la mesa sobre la que había distintos tipos de bebidas. Al verlo de espaldas, con ese corte de pelo que tanto le favorecía gracias a una forma de cabeza perfecta, volvió a temblar y no pudo creerse que de verdad estuviera allí.

–¿Te apetece una copa?

Negó con la cabeza y vio a Enzo servirse algo oscuro y dorado que se bebió de un trago antes de dejar el vaso sobre la mesa.

Se volvió para mirarla y el corazón de Cara se aceleró. Sin haberlo tocado siquiera, se sentía como si conociera a ese hombre, como si ya hubiera estado con él... lo cual era una locura.

–Ven aquí.

Y como en un sueño, respondiendo a un profundo deseo que había cobrado vida en su interior, caminó hacia él y se detuvo a escasa distancia.

Enzo recorrió el espacio que los separaba y le quitó el abrigo, que cayó al suelo. Ella lo miró a los ojos y lo que vio en ellos casi la derritió. Eran de un dorado oscuro y brillante y la miraban con intensidad. Sintió deseo, sintió pasión. Un torbellino de sensualidad inexplorada se había apoderado de ella y estaba lanzándola a ese nuevo mundo.

–Enzo, yo...

–Shh –le puso un dedo en los labios para hacerla callar, y en el fondo ella lo agradeció porque no estaba segura de lo que iba a decir. Por alguna razón, esa noche estaba marcada por una enigmática y silenciosa comunicación.

Él alzó las manos y rodeó con ellas el rostro de Cara, mientras enredaba los dedos en los sedosos mechones de su cabello. Se acercó más todavía y sus cuerpos se rozaron. Agachó la cabeza y ella cerró los ojos, incapaz de seguir manteniéndolos abiertos. El primer roce de los labios de Enzo fue fugaz. Cara comenzó a respirar de forma entrecortada e, instintivamente, alargó los brazos para agarrarlo por la cintura. Él le echó la cabeza atrás con delicadeza y ella abrió los ojos para mirar directamente a esos dos pozos dorados moteados de verde.

Tras un largo momento, él volvió a bajar la cabeza, pero en lugar de besarla donde ella más lo deseaba, en la boca, rozó con sus labios la delicada piel de sus sienes, de sus mejillas y más abajo, hasta donde el pulso latía aceleradamente bajo la piel de su cuello, que también saboreó.

Ella giró la cabeza en busca de su boca. Quería que la tomara, quería sentir sus lenguas entrelazadas..., pero Enzo parecía tener otras ideas. Cara de pronto se sintió desconcertada y no fue consciente del suave gemido de desesperación que escapó de su boca.

Los ojos de Enzo estaban centrados en su boca, pero en lugar de besarla, tal y como ella deseaba, posó una mano sobre su trasero y la llevó contra sí, haciéndole notar su excitación. En ese momento ella se olvidó de los besos y todo su deseo se concentró más al sur, en el centro de sus ingles.

Deslizó las manos a lo largo de la espalda de Enzo y pudo sentir los músculos que se movían bajo la seda de su camisa. Con impaciencia comprobó que deseaba sentir su piel y comenzó a sacarle la camisa de entre los pantalones, gimiendo suavemente cuando sus manos entraron en contacto con su cálida y suave espalda.

Enzo le echó atrás la cabeza para dejar al descubierto su cuello y volver a cubrirlo con la boca. La respiración de Cara era acelerada mientras ella movía las caderas instintivamente contra su cuerpo. Él se apartó y la miró con un fiero brillo en los ojos.

–Eres una hechicera.

–No, simplemente soy Cara...

Los ojos de Enzo se iluminaron con algo que ella no pudo descifrar, y él apretó la mandíbula. Se movió ligeramente, haciéndole sentir su poderosa erección. Al instante, la tomó en brazos y la llevó al dormitorio, igualmente suntuoso, con una gran cama con cuatro postes y cuya colcha estaba retirada, como invitándolos a entrar en ella.

La dejó en el suelo y, temblando, ella se quitó los zapatos; sus dedos se encogieron sobre la gruesa alfombra. Cuando después de apartar los cojines, él se giró para mirarla, Cara vio deseo en sus ojos y entonces supo que no podía echarse atrás. Era el destino. Estaba destinada a estar con ese hombre y estaba tan segura de ello que no lo dudó ni por un instante.

Caminó hacia él y alzó las manos para comenzar a desabrocharle la camisa. A medida que sus manos descendían y ese ancho torso iba siendo revelado, poco a poco, el temblor de sus dedos aumentaba más y más. Al llegar al último botón, Enzo le apartó las manos con impaciencia y se arrancó la camisa, que cayó sobre la alfombra.

Ante la desnuda extensión de su pecho, Cara se sonrojó. Alargó una reverente mano y lo tocó tímidamente, deslizando los dedos sobre sus duros pezones. Cuando lo miró a los ojos, éstos estaban cerrados.

Al instante, Enzo los abrió y la dinámica cambió. La giró y le levantó el pelo que le caía sobre la nuca, obviamente buscando una cremallera o algo para desabrocharle el vestido.

–Es un vestido jersey.

Él la giró hacia él, con un cómico gesto de impaciencia.

–¿Un qué?

Cara no pudo responder. Simplemente bajó las manos hasta el dobladillo de su vestido y lo fue subiendo, por sus muslos y caderas, por su cintura y su pecho, hasta que lo vio todo oscuro y supo que él estaba contemplando su cuerpo. No podía ver su reacción, pero la sentía en el aire.

Finalmente se sacó el vestido por la cabeza y, mientras lo apartaba, sintió su cabello cayéndole sobre la espalda. No podía mirar a Enzo, la timidez se lo impedía. Por otro lado, era consciente de que la ropa interior que llevaba debía de resultar muy aburrida en comparación con el encaje y la seda que suponía que llevarían las mujeres con las que estaba acostumbrado a estar. Lo suyo eran sencillas prendas de algodón blanco y, si no recordaba mal, ésas en particular eran tan viejas que tenían un agujero en la costura. De pronto sintió pánico; tenía los pechos demasiado pequeños y las caderas demasiado estrechas. Su hermano siempre le había dicho con sorna que tenía figura de chico.

Con la cabeza agachada, se cubrió el pecho con los brazos e inmediatamente sintió calor cuando Enzo fue hacia ella y se los bajó. Se sentía ridícula y no quería tener que ver desprecio en sus ojos ante ese cuerpo nada femenino.

Él le levantó la barbilla con un dedo, pero ella seguía con los ojos cerrados.

–Cara...

De nuevo su voz y su sensual acento la hicieron derretirse por dentro. Con reticencia, Cara abrió los ojos y ladeó la cabeza en un inconsciente gesto de dignidad antes de mirarlo a los ojos. La mirada que se encontró fue oscura, profunda y ardiente. Muy ardiente.

–Pero yo... no...

–¿No qué? –le preguntó él al recorrerle el cuerpo con la mirada fijándose en cada curva, en sus altos y firmes pechos y en sus tersos pezones que se clavaban contra el algodón del sujetador.

Cara sintió deseo al ver que no la estaba mirando con rechazo.

–Creí... creí que no me encontrarías...

–¿Atractiva?

Con gran elegancia, Enzo se quitó los pantalones. También se despojó de los zapatos y de los calcetines, revelando así unos pies grandes y bronceados. Tenía unas piernas largas y musculadas, las piernas de un atleta. Su mirada finalmente se detuvo en esa parte de él que seguía oculta bajo sus calzoncillos, que se tensaban con la erección que cubrían. Con la boca seca y una libido cada vez más intensa, lo vio desprenderse de ellos liberando lo que para Cara era una impresionante erección.

Él la llevó hacia sí, hasta que quedaron muslo con muslo, pecho con pecho.

Volvió a enredar las manos entre sus largos mechones de pelo mientras ella le besaba el cuello. Tenía un sabor salado y su pecho era como un enorme muro de acero.

Enzo deslizó su miembro entre sus piernas. La tela de las braguitas resultó ser una deliciosa tortura y Cara comenzó a mover las caderas impacientemente, en busca de una conexión más intensa, deseando encontrarse con él piel contra piel. Deseando tenerlo dentro de ella. Sabía que deseaba todo eso, a pesar de no haberlo experimentado nunca antes.

Enzo se sentó en la cama, frente a ella, y la llevó hacia sí. Cara pudo sentir cómo le desabrochaba el sujetador, que cayó para dejar al descubierto sus pechos y unos pezones que se endurecieron más todavía ante su mirada.

Le cubrió un pecho con la mano; una mano grande y bronceada contra una piel pálida y cubierta de pecas. La acercó más y ella tuvo que agarrarse a sus hombros. No estaba preparada para lo que vino a continuación, cuando él cubrió con su ardiente boca uno de sus pezones. Cara contuvo un gemido y respiró entrecortadamente sin dejar de aferrarse a sus hombros.

Entre sus piernas podía sentir su erección e instintivamente las cerró ligeramente, atrapándola. Él apartó la boca de su pecho.

—Hechicera —repitió.

Cuando le cubrió el otro pezón con la boca, Cara ya no pudo contener un grito de placer. Sentía tanta humedad en el vértice de sus muslos que eso la avergonzó. ¿Era normal?

Como si le leyera el pensamiento, Enzo comenzó a quitarle las braguitas, pero ella, movida por una repentina timidez, lo detuvo. ¿Y si lo que estaba sintiendo no era normal? Sin embargo, y con una sorprendente delicadeza, él terminó de desnudarla.

Estaba completamente desnuda. Expuesta. Sintió una mano sobre su nalga derecha y bajó la mirada hacia Enzo. Los dos respiraban entrecortadamente y su piel ya empezaba a brillar con una ligera capa de sudor.

Cuando notó la otra mano de Enzo entre sus piernas, se le cortó la respiración. El tono rojo del vello que le cubría esa zona de su cuerpo le hizo sentir vergüenza y le trajo recuerdos de las burlas que había recibido de pequeña por ser pelirroja. Pero Enzo no pareció fijarse en ello y Cara también lo olvidó enseguida al sentir esos largos dedos explorando los secretos pliegues de su sexo.

–*Dio*. Eres increíblemente receptiva...

Cara echó la cabeza hacia atrás y, con una desinhibición que no pudo controlar, separó más las piernas. Los dedos de Enzo se deslizaron hasta encontrar el cálido calor de su sexo, moviéndose hacia dentro y hacia fuera mientras ella agitaba las caderas contra su mano.

Levantó la cabeza y lo miró, verdaderamente perpleja ante todas esas sensaciones que parecían concentrarse alrededor de su vientre y entre sus piernas. Sus movimientos se volvieron más instintivos, más desesperados. Perdió el control de su propio cuerpo. Estaba literalmente en sus manos.

Se agarró a sus hombros y después, de pronto, quedó suspendida a una altura que desconocía que existiera. Con un solo movimiento del pulgar de Enzo contra ella, cayó en un cúmulo de sensaciones espasmódicas mientras todo su cuerpo se tensaba. El placer resultó tan exquisito que no pudo creer que hubiera esperado tanto tiempo para experimentarlo.

Todas esas estúpidas conversaciones que había oído durante años por fin cobraban sentido, pensó mientras Enzo la tendía sobre la cama. Ligeramente adormecida, le vio abrir un pequeño paquete plateado y sacar el preservativo que desenrolló a lo largo de su erección. Agradeció que no hubiera olvidado ese detalle porque eso era lo último en lo que ella habría pensado en ese momento y sabía que el hecho de no haber tenido protección no habría logrado echarla atrás en ese momento. No, cuando ya apenas podía recordar quién era.

Cuando él se tumbó a su lado, Cara sintió un deseo aún mayor recorriéndola y volviendo a despertar su cuerpo. Hacía un instante, se habría quedado dormida, pero ahora el deseo volvía a tomar forma y con más insistencia que antes. De algún modo sabía que lo que había experimentado no sería nada comparado con lo que estaba a punto de experimentar, pero... ¿podría soportar un placer más intenso?

Abrió los ojos de par en par cuando él deslizó una mano sobre su cuerpo, sobre sus curvas y sobre las cumbres de sus pechos, antes de bajar la cabeza y cubrir con su boca uno de sus pezones. Cara gimió y le sujetó la cabeza contra sus pechos con un movimiento desesperado. Él movió su cuerpo hasta quedar entre sus piernas.

–Paciencia... –le dijo al alzarle las caderas y apartarle las piernas con unos poderosos muslos. Cara pudo sentir su pene contra los todavía resbaladizos y sensibles pliegues de su sexo–. Dime cuánto deseas esto –le pidió Enzo con cierta brusquedad haciendo que la excitación de Cara se disparara.

–Como no he deseado nada nunca –respondió. En ese momento supo que estaba allí porque sentía mucho más que una simple conexión física con ese hombre.

–Dime que lo necesitas –le dijo, y con un diminuto y sutil movimiento Cara lo sintió deslizarse en su interior.

–Oh...

Él se adentró un poco más.

–Dímelo –le pidió con la voz entrecortada.

Obedeciendo a sus instintos más primarios, Cara alzó las caderas ayudándolo a deslizarse más adentro.

—Necesito esto. Te necesito a ti. Por favor, Enzo... por favor...

Con un intenso gemido de masculina satisfacción, Enzo sujetó las caderas de Cara antes de tomar uno de sus pezones en su boca mientras se movía dentro de ella. Cara gritó, incapaz de contenerse. Había oído historias sobre el dolor de la primera vez, pero lo único que sintió fue un placer tan intenso y puro que podría haber llorado.

Enzo se retiró levemente.

—¿Te he hecho daño?

Ella negó con la cabeza enérgicamente.

—No... Nunca había sentido algo así.

Enzo la agarró con fuerza de las caderas y volvió a adentrarse en ella, con más fuerza esta vez.

La había llamado hechicera, pero él era un mago por lo que estaba haciéndole sentir. Tenía la piel resbaladiza por el sudor y, con la voz entrecortada ante sus movimientos cada vez más rápidos y desesperados, Cara le suplicó:

—Por favor, Enzo... por favor.

Con los ojos abiertos de par en par y conteniendo la respiración, lo miró a la cara. Los altos pómulos de Enzo estaban algo enrojecidos y los ojos le brillaban con un tono tan oscuro que no pudo interpretar esa mirada. Después, mientras él se movía dentro de ella, Cara llegó al éxtasis y lo sintió a él liberando su poder en su interior.

El peso de Enzo sobre su cuerpo resultaba delicioso. Tenía las piernas alrededor de él, y los brazos alrededor de su cuello. No quería soltarlo. Su conexión era tan intensa que resultaba abrumadora. Sus corazones palpitaban a la vez contra sus pechos.

Tras unos largos momentos, Enzo se apartó y, abrazados, se quedaron tumbados el uno frente al otro. Por primera vez en mucho tiempo, Cara se sintió en paz. Como si hubiera regresado a su hogar después de un largo y arduo viaje.

Vicenzo volvió a la realidad con una dolorosa claridad. Podía sentir el seductor cuerpo que se aferraba a él, sentir su brazo rodeándola de un modo tan posesivo.

Había perdido el control y todo se le había ido de las manos. Desde el momento en que la había visto en el bar y había mirado esos enormes y misteriosos ojos verdes, todo había cambiado. No había contado con que sólo con verla la deseara como nunca antes había deseado a nadie. Resultaba vergonzoso y esa vergüenza lo consumía.

Guiado por un impulso, por algo que ni siquiera ahora podía comprender, le había dicho que se llamaba simplemente Enzo... había ocultado su verdadera identidad. El rostro de Cara lo había embelesado; ese rostro exquisitamente claro, con unas pecas que la hacían parecer tan joven e inocente.

Con cuidado de no despertarla, se apartó de su lado y forzó a su mente a olvidar lo que había sucedido, a olvidar el hecho de que había ido demasiado lejos.

Se recordó que ya la había visto en acción antes de siquiera conocerla, tirada sobre la barra del bar. Estaba claro que era una consumada seductora bajo una máscara de inocencia. Por un momento había tenido la ridícula sensación de que tal vez era virgen, pero ella pronto había desecho esa posibilidad al mostrarse tan receptiva, al tomarlo con una confianza que sólo podía ser fruto de la experiencia. No tenía más que ver la rapidez con la que se había dejado tender en la cama, con esa actitud diseñada para excitar a un hombre.

Al sentarse en el borde de la cama, antes de levantarse, admitió que se habían unido de un modo tan apasionado que no recordaba la última vez que había experimentado eso... si es que lo había hecho alguna vez. Fue hacia el baño, furioso consigo mismo por lo que acababa de hacer. Sin embargo, pensó que tal vez ésa podría ser la más dulce de las venganzas, porque Cara se había ido a la cama con él sin saber quién era y, sin duda, con la esperanza de que él mantuviera su exorbitante estilo de vida ahora que su hermano se había ido.

Se dijo que la había invitado a acompañarlo al hotel sólo para probarla y no porque la hubiera deseado con unas ganas que rozaban la desesperación. Pero sabía que durante el momento que había estado frente a ella bajo el frío aire de la noche, se había olvidado de Allegra y de lo que esa mujer le había hecho a su hermana. Pero no se dejaría engañar; de bien pequeño había aprendido la lección sobre lo manipuladoras que podían ser las mujeres. Su propia madre se lo había enseñado. Las mujeres sólo se preocupaban de sí mismas y Cara Brosnan estaba haciendo exactamente eso... buscando a un hombre que la mantuviera...

Su hermano había seducido a su hermana con la intención de despojarla de su fortuna y luego abandonarla y ahora Vicenzo le haría a Cara algo similar.

Ya no se sentía culpable, enterró en lo más profundo de su ser toda clase de emociones y se convenció de que lo único que había hecho había sido aprovecharse de ella para obtener un intenso placer físico. Y eso no tenía nada de malo. Cara era una mujer bella y bien versada en la vida. Estaba adelantada a su edad y sin duda poseía una astucia de la que su hermana siempre había carecido. Allegra había sido una presa fácil para alguien tan despiadado y corrupto como Cormac Brosnan.

Tal vez era cierto que Cara había hechizado a Vicenzo más de lo que él se había esperado, pero ahora lo que haría sería asegurarse de causarle el mayor daño posible. Eso era mucho mejor que intentar hacerle admitir su culpa. Podría detestar fácilmente a una mujer que se acostaba con un completo desconocido la noche después del entierro de su propio hermano.

Entró en la ducha y, al salir, se vistió y esperó a que Cara se despertase.

Capítulo 3

CARA sentía su cuerpo deliciosamente pesado y lánguido. Estaba despertando lentamente y el dichoso aturdimiento que le nublaba el cerebro era como una droga. Se dio cuenta de que ya no estaba arropada por el cuerpo de Enzo. Sonrió; no se había imaginado que pudiera ser así. Alargó una mano esperando sentir un cuerpo grande y duro, pero la cama estaba vacía a su lado. Abrió los ojos inmediatamente y parpadeó ante la luz del alba que se colaba por la ventana. ¿Cuánto tiempo llevaba dormida?

Se sentó y miró al otro lado del dormitorio. Enzo estaba sentado en un sillón, observándola. Le sonrió vacilante, se sentía extremadamente tímida.

—Buenos días...

Él no dijo nada, simplemente siguió mirándola. Cara sintió un escalofrío por la espalda, el aire de la habitación parecía helado y no sabía por qué. Su sonrisa se desvaneció.

—¿Enzo...?

Él se levantó y fue hacia la ventana, donde se quedó unos instantes de espaldas a Cara y con las manos en los bolsillos. Cara vio que estaba completamente vestido, con traje y chaqueta. Eso le hizo subirse la sábana para cubrirse los pechos.

En ese momento Enzo se giró y de su rostro había desaparecido cualquier rastro de ternura y de pasión.

—Mi nombre completo no es Enzo, aunque mis amigos y mi familia lo han usado alguna vez. Mi nombre es Vicenzo. Vicenzo Valentini.

Ese nombre... no podía ser.
—¿Qué has dicho?
—Ya me has oído —le respondió él con brusquedad.
—¿Eres el hermano de Allegra? —preguntó ella sacudiendo la cabeza, como si quisiera aclararla y despejarla.
—Has acertado.
Cara no podía entender su animosidad. Se sentía como si estuviera en una pesadilla.
—¿Sabes quién soy? —estaba claro que él lo sabía, pero aun así no pudo evitar preguntarlo.
—Sí, claro que sí, Cara —le respondió con un tono burlón que la desconcertó todavía más—. Sabía quién eras antes de que nos presentáramos. Fui a ese club especialmente para encontrarte.
—Pero ¿por qué... por qué no me dijiste quién eras?
—Porque quería verte de cerca. La hermana pequeña de Cormac Brosnan, el hombre que estaba planeando casarse con mi hermana en Las Vegas en la víspera de su veinticinco cumpleaños para poder reclamar su fortuna antes de abandonarla sin piedad.

El rostro de Cara se quedó lívido. Ella se había enterado de los planes de Cormac el día del accidente; podía recordar haber discutido con él, horrorizada ante la idea de que pudiera hacer algo así, pero su hermano se había reído en su cara. Y después, esa noche...
—Lo sabías.
—Sí, pero... —Cara lo miró a los ojos. Todo le daba vueltas.

Vicenzo se apartó de la ventana con un brusco movimiento.

–Sí, pero nada. Lo sabías y tuviste tanto que ver en esos planes como tu hermano. Dime, ¿eras la amiga perfecta y confidente de Allegra? ¿La engañabas diciéndole lo mucho que la amaba tu hermano?

–¡No! Yo no sabía lo que estaba planeando Cormac; juro que no me enteré hasta la semana pasada. Apreciaba a tu hermana...

El dolor volvió a invadirla al pensar que había fracasado al ayudarla. Vicenzo fue hacia la cama y ella retrocedió mientras le oía maldecir en italiano.

–Claro que apreciabas a mi hermana. Ella representaba tu camino fácil a un futuro donde nunca tendrías que volver a preocuparte por el dinero. Todas las deudas de tu hermano habrían desaparecido –chasqueó los dedos–, en un instante.

–No lo entiendo.

–Pues yo te ayudaré.

Cara tragó saliva. Resultaba amedrentador, estaba mirándola fijamente y el músculo de su mandíbula estaba tenso. Ese hombre estaba a años luz del hombre que se había convertido en su primer amante.

–En cuanto tu hermano se enteró de que Allegra era heredera de una sustancial parte de la fortuna Valentini, fue tras ella sin otra cosa en la mente que arrebatarle su riqueza.

Cara se estremeció visiblemente ante esas palabras, pero él continuó.

–La introdujo en el mundo de las drogas para poder manipularla mejor, hizo que se volviera completamente dependiente de él. Y mientras, él me hacía una oferta de negocios falsa para mantenerme ocupado y asegurarse de que no cuidaba de mi hermana. Después de todo, tal y como mi hermana no dejaba de decirme, ella era una mujer adulta capaz de cuidar de sí misma. ¿Por qué iba a tener que preocuparme por ella? –preguntó con una risa irónica.

Cara había visto el comportamiento de su hermano, y lo que Vicenzo dijo no la sorprendió, pero no se había imaginado lo mucho que Cormac había influido en Allegra. Sólo la había visto ir y venir y quedarse a dormir en algunas ocasiones. Le había parecido una chica muy dulce y perfectamente feliz. Únicamente cuando Cormac le reveló sus planes fue cuando comenzó a verla como una víctima potencial. Pero eso había sucedido demasiado tarde.

–Si lo sabías...

–Ése es el problema –le dijo con una voz insoportablemente dura–. No lo sabía. Hasta que nos dimos cuenta de que la oferta de adquisición de Cormac era falsa. Inmediatamente sospeché que tramaba algo y además supe que era el nuevo novio que Allegra guardaba tan en secreto. Contraté a un investigador privado para que los vigilara.

–Y así me conociste –dijo Cara, impactada.

Él no respondió y continuó de un modo implacable.

–A tu hermano le gustaban mucho las chicas con fondos fiduciarios. Por desgracia, para cuando lo descubrí todo y vine a Londres... ya era demasiado tarde.

El funesto tono de su voz golpeó directamente contra el corazón de Cara, pero antes de que ella pudiera decir nada en su propia defensa, Enzo estaba rodeándola.

–Y tú... –la miró de arriba abajo, con desdén e indignación–. Tu hermano y tú matasteis a mi hermana, pero él se ha ido y no se le puede hacer pagar por ello. Tú, sin embargo, saliste del accidente sin un solo rasguño. ¿No es fortuito el destino?

Finalmente, Cara comprendió el verdadero horror de su situación. Unas imágenes vívidas del accidente volvieron a su mente... la terrible lluvia que caía, el amasijo de hierros, el olor a gasolina y a humo. El espantoso silencio después del espantoso chirrido de los frenos.

–Fue un accidente –dijo con voz débil. Justamente el día antes había enviado una tarjeta de condolencias a las oficinas de Valentini en Londres. Había querido hacer algo, contactar con la familia de Allegra. Estaba claro que, o bien él no había recibido la tarjeta o que, si lo había hecho, eso sólo habría servido para ahondar más en la herida.

Él era frío como el hielo. Absolutamente impasible.

–Se le podría considerar un trágico accidente causado por el mal tiempo, pero no tengo duda de que, si no hubierais visto apropiado utilizar a mi hermana de ese modo tan atroz, entonces hoy seguiría viva.

Cara sentía un dolor indescriptible en el pecho porque sus duras palabras habían dado en la diana con la precisión de una flecha.

–Por favor... no lo entiendes. Yo no tomé parte en ningún aspecto de la vida de mi hermano –«a excepción de para ser su esclava».

Vicenzo se rió a carcajadas y dio un paso atrás.

–¿Ah, sí? Desde que tenías dieciséis años has vivido con él en ese lujoso ático. No hay documentos que acrediten que has estudiado en el Reino Unido, a pesar de que dices que has obtenido un título. Desde los diecisiete te has convertido en una asidua en el club favorito de tu hermano y, por lo que he visto esta noche, has aprendido a engatusar a los hombres a una temprana edad. Tengo fotos tuyas saliendo de ese club a las cuatro de la mañana bajo el brazo de varios famosos.

–Para.

Pero él no paró.

–Tu hermano y tú erais uña y carne, señorita Brosnan. Tú eras la anfitriona de sus fiestas... y seguro que de paso entretenías a sus amigos.

Al oír eso recordó el horror de dos noches antes, cuando un amigo de Cormac había esperado algo de ella a cambio del pago de una deuda de su hermano.

–Por favor, para –le suplicó. Vicenzo estaba terriblemente equivocado.

Él finalmente se detuvo y la miró con una expresión tan imparcial que casi fue peor que todas las palabras que le había dirigido.

–La cuenta que está a tu nombre, que con regularidad alcanzaba el millón, te la abrió tu hermano por ser su cómplice. Es una pena que todo ese dinero no fuera suyo.

Cara lo miró, aunque no sorprendida por el hecho de que él supiera lo de la cuenta, ni por el hecho de que Cormac hubiera estado estafando a la gente. Ya nada volvería a sorprenderla. Ni siquiera había sabido de la cuenta hasta que encontró un recibo del banco a su nombre en el escritorio de su hermano hacía unas semanas en el apartamento. Cormac la había abierto a su nombre como tutor legal antes de que ella fuera mayor de edad, y había estado utilizando su nombre para protegerse. Aún le ponía enferma pensar cómo la había implicado de tal modo. La existencia de una cuenta como ésa a su nombre podía hundir sus oportunidades de trabajar en el mundo de los negocios en un futuro, y ahora Vicenzo Valentini también lo sabía. Cara sintió que le faltaba el oxígeno.

–Yo no tenía acceso a esa cuenta –sabía que no la creería.

—Cuéntame otra historia.

Cara no se había equivocado. Cerró los ojos durante un largo segundo deseando en vano que cuando los abriera de nuevo él se hubiera ido y ella estuviera sola. Pero cuando los abrió, Vicenzo seguía allí: el oscuro ángel vengador.

—¿Por qué te has acostado conmigo? —preguntó ella en voz baja, sin mirarlo a los ojos.

Él la sorprendió al acercarse, apoyar una mano en la cama e inclinarse. Le agarró la barbilla y la obligó a mirarlo. Ella respiró hondo y su aroma la embargó.

Vicenzo forzó a su cuerpo a no responder ante ella, odiando el hecho de que a pesar de esa interpretación de chica inocente merecedora de un Oscar, siguiera deseándola. Ahora daba gracias por la fuerza de voluntad que había tenido durante la noche para no besarla debidamente. Había tenido que hacer acopio de todas sus fuerzas para no devorar esos suaves labios rosados, pero en el último momento algo lo había detenido porque había deseado besarla con un anhelo que no se parecía en nada a lo que había sentido por cualquier otra mujer.

—Me he acostado contigo, querida Cara, porque después de conocerte... después de verte, he decidido que ésta sería una forma más satisfactoria de hacerte enfrentarte a la verdad. No soy tan estúpido como para pensar que encontrarás a otro imbécil; después de todo, no perdiste el tiempo para saldar las deudas de Cormac, ¿verdad? Sé lo de esa pequeña visita al Honorable Sebastian Mortimer de anteanoche, tras la cual las deudas de tu hermano quedaron misteriosamente pagadas. Sales muy cara.

—No me acosté con él —dijo Cara con voz temblorosa— y si te hubieras molestado en comprobarlo todo bien, habrías visto que las deudas fueron saldadas antes de que él viniera a verme.

—Bueno, está claro que conocía tus encantos y te pagó por adelantado.

Indignada por el modo en que él estaba interpretando la vida que había tenido con su hermano, bajó de la cama cubriéndose con las arrugadas sábanas que le recordaron esos momentos de seducción y pasión que habían vivido. Por el momento agradecía el hecho de que él no se hubiera dado cuenta de que era virgen porque no quería parecer vulnerable ante ese hombre.

Las piernas le temblaban, parecían gelatina.

—Lo has supuesto todo muy bien. Si ya has terminado con tu juicio, te pido que me permitas vestirme para poder desaparecer de tu vista lo antes posible.

Vicenzo se la quedó mirando, y ella sabía que podía romper en llanto en cuestión de segundos. Lo que estaba viviendo era demasiado como para soportarlo.

—No te preocupes, jamás volvería a acercarme a ti. Lo único que lamento es que no tienes la inocencia que tenía mi hermana y que, aunque te esté haciendo algo parecido a lo que tu hermano quiso hacerle a ella, tú no sentirás ni un ápice del sufrimiento que ella habría experimentado.

Fue hacia la puerta, pero se volvió una última vez y con una mirada que le atravesó el corazón, se marchó. Cara oyó la puerta de la suite abrirse y cerrarse.

Durante un largo rato se quedó allí, inmóvil, y después comenzó a respirar entrecortadamente a la vez que sentía náuseas. Llegó al lavabo a tiempo y vomitó. Temblorosa y sintiéndose débil, comenzó a llorar.

Y entonces pensó en algo. Él no la había besado en ningún momento. No en la boca. No después de ese primer y fugaz beso que le había hecho desear más.

Ahora lo veía todo muy claro, había evitado ese gesto que, para muchos, era un acto más íntimo que el de la penetración. Toda esa ternura había sido una mera ilusión, la había tomado con crueldad para darle una lección. No habían hecho el amor, había sido simplemente sexo. Había querido hacerla sentirse como una ramera barata y lo había conseguido.

Y eso fue lo que la derrumbó por completo.

Capítulo 4

Dos meses después, Dublín

Cara intentó borrar de su cara la expresión de súplica, pero estaba desesperada. El hombre de mediana edad sentado al otro lado del escritorio se quitó las gafas.

–Me temo que no tiene la experiencia que estoy buscando. Creo que verá que muchas compañías opinan lo mismo.

Cara sabía que estaba librando una batalla perdida y por eso recogió su bolso y se levantó.

–Gracias por atenderme, señor O'Brien, y le agradezco su opinión. Tan sólo le pido que, si queda alguna vacante en su compañía para puestos de becario, cuente conmigo.

Él le estrechó la mano con fuerza.

–Sin duda lo haré. Tendremos su currículum archivado.

Era la misma historia en todas partes. Una recesión global se cernía en el horizonte, y todo el mundo estaba nervioso y apretándose los cinturones prescindiendo de empleados superfluos. Era la peor época para carecer de experiencia y volver a casa en busca de empleo. Y aun así, cuando salió del edificio para adentrarse en un espléndido día de finales de primavera, supo que se alegraba de estar lejos de Londres. Lejos de lo que había sucedido allí.

Cara cruzó la abarrotada calle y maldijo por haber tomado la dirección que había tomado. Se encontraba frente al nuevo restaurante que acababa de abrir en una de las zonas más concurridas del centro de la ciudad. Valentini's. Lo que ofrecía esa cadena de restaurantes era una porción de vida italiana, una promesa, un estilo de vida relajada.

Lo irónico era que, sin saber aún quién era el hermano de Allegra y sabiendo que ella tenía relación con la familia, la cafetería de los Valentini en Londres se había convertido en el refugio de Cara. Allí había pasado horas durante su tiempo libre, estudiando o leyendo, tomándose un capuchino y disfrutando de ese momento de tranquilidad el mayor tiempo posible. Y ahora allí estaba ese restaurante, en Dublín, burlándose de ella con su brillante fachada y recordándole a su propietario. Estaba claro que Vicenzo Valentini no estaba sufriendo la caída de la economía mundial.

Desvió la mirada y pasó corriendo, mientras sentía una sensación de náusea cada vez mayor. Las náuseas ya le eran una cosa familiar. Había estado vomitando cada mañana desde el último mes, y cada vez se sentía peor. Finalmente, y tras una visita al médico la semana anterior, le habían confirmado el peor de sus temores: estaba embarazada. Todavía no lo había asimilado y, mucho menos, había podido decidir si ponerse en contacto o no con Vicenzo.

Bajó la calle a punto de estallar en lágrimas. Lo más importante ahora mismo era conseguir un trabajo. Sólo le quedaba dinero para pagar un mes más el alquiler de su estudio, ¿cómo iba a traer a un bebé al mundo? Contuvo el pánico que la invadió y se detuvo junto a un puesto de periódicos para comprar la prensa, ignorando las pocas monedas que llevaba en el monedero.

Un rato después, se bajó del autobús y se dirigió a su apartamento. A medio camino el cielo se abrió y en cuestión de segundos acabó empapada hasta los huesos. Una pareja pasó por delante de ella, agarrados de la mano y riendo, la mujer se protegía con el abrigo de su novio. Cara se sintió como si algo infinitamente valioso le hubiera sido arrebatado para siempre. Era la inocencia y el optimismo. Durante aquel breve momento antes de que Vicenzo Valentini hubiera lanzado la bomba, ella había saboreado algo de felicidad por primera vez en años.

Su corazón se endureció cuando abrió la puerta; él había destrozado sus sueños y esperanzas y lo odiaba con una intensidad que la asustaba.

En el cuarto de baño, se quitó la ropa mojada y se puso un albornoz. Al ver su reflejo en el espejo, se quedó paralizada. Se veía demacrada. Las pecas destacaban con intensidad sobre su pálida piel. Se veía la cara demasiado larga, los pómulos demasiado marcados, los ojos sombríos, y el vivo y brillante tono rojo de su cabello se había apagado.

Se llevó las manos al vientre y no pudo contener las lágrimas. Tras la muerte de Cormac, había pensado que sería libre para empezar de nuevo, libre para vivir su propia vida, pero el destino la había golpeado en la cara. Se secó las lágrimas y se sonó la nariz. Tenía que comer. Tenía que cuidarse. Tenía que encontrar un trabajo. De algún modo tenía que mantenerse a sí misma y al bebé. Aún la sorprendía el inmediato y devorador amor y protección que había sentido por ese pequeño ser desde el momento que descubrió que estaba embarazada, a pesar de las circunstancias de su concepción. Además, había una emoción más profunda unida a eso, pero Cara no quería analizarla. Fue a la cocina a calentarse la sopa casera que le había sobrado del día anterior y, cuando se sentó, se fijó en la carta que había sobre la mesa a su lado; una carta que había abierto esa misma mañana. El pánico amenazaba con volver y arrebatarle el apetito. La amenaza contenida en la hoja de papel la hizo temblar por dentro. Se obligó a comer, a no pensar, y entonces se dispuso a ojear los periódicos. Rodeó las ofertas de trabajo y las colocó en orden, de modo que al día siguiente, y una vez más, pudiera comenzar a hacer llamadas y a dejar su currículum en distintas empresas.

Una hora después abrió el último periódico con desgana porque deseaba irse a dormir, pero entonces su corazón comenzó a palpitar descontroladamente cuando vio en él una fotografía de Vicenzo Valentini. No podía apartar los ojos de él, esos duros rasgos estaban suavizados por una sonrisa que lo hacía parecer más guapo todavía.

Se le veía feliz. Se le veía satisfecho. Parecía estar despreocupado.

Inconscientemente, ella se llevó la mano al vientre. ¿Qué derecho tenía él a ser feliz mientras que ella estaba allí sentada prácticamente en la pobreza absoluta, embarazada de su hijo después de que él hubiera decidido jugar a ser Dios con su vida? Cerró los ojos un instante antes de volver a mirar el sonriente rostro de Vicenzo Valentini. Toda la humillación y el dolor que sintió por su premeditada venganza la embargaron con tanta fuerza como si hubiera sucedido el día antes. El deseo que había mostrado no había sido lo que ella se había esperado y creído.

Vicenzo estaría en Dublín la noche siguiente para celebrar la apertura de su nuevo restaurante. Cara podría haber pensado que él lo habría hecho a propósito, para enviarle una nueva advertencia, pero ella sabía que había sido algo irracional. No era más que una coincidencia increíblemente cruel.

Volvió a leer el artículo, más despacio esa vez. En el evento anunciaría la fusión con Caleb Cameron, un conocido empresario afincado en Irlanda.

Cara sabía que tendría que hacer algo mientras él estuviera tan cerca; tenía que hacerle ver que no podía llevarse por delante la vida de una persona; su vida. Él era responsable de la vida que crecía en su vientre y algo profundamente visceral estaba alentándola a enfrentarse a él.

Vicenzo Valentini contuvo las ganas de quitarse la corbata, desabrocharse los botones de arriba de la camisa y alejarse de ese salón de baile abarrotado lo antes posible. Quería estar en su isla, Sardinia, donde habría tranquilidad y el cielo estaría lleno de las estrellas que a veces había soñado con tocar.

¿Qué le pasaba? Llevaba semanas que no se encontraba bien. Dos meses, para ser exactos... Se quedó paralizado e inmediatamente quiso desechar las vívidas imágenes que acompañaban a esos pensamientos. Hacía dos meses había empezado el proceso de curación que comenzaba con la venganza de la muerte de su hermana, pero entonces, ¿por qué no se sentía bien?

Al ver a su buen amigo, Caleb Cameron, forzó a su mente a librarse de esos perturbadores pensamientos, pero cuando vio el cabello rojizo de su esposa, Maggie, sintió una sacudida, a pesar de que no era exactamente el mismo tono de pelo que...

Los dos hombres se saludaron efusivamente.

–Por fin –dijo Caleb–. Creí que nunca te convenceríamos para que abrieras tu negocio aquí.

Vicenzo ignoró a su amigo y se inclinó para besar a Maggie en las mejillas. Estaba embarazada de su segundo hijo.

–Ha pasado mucho tiempo y lamentamos no poder llegar al funeral de Allegra. Debió de ser devastador para ti y para Silvio.

Realmente conmovido, Vicenzo sintió algo oprimiéndole el pecho al ser testigo de la intimidad y la calidez creada entre el matrimonio. Caleb adoraba a su esposa y era muy protector con ella. Verlos juntos, aunque siempre resultaba un placer, tenía un efecto claustrofóbico en Vicenzo. No dudaba ni por un segundo que Cameron no fuera absolutamente feliz, pero sabía que la vida hogareña no estaba hecha para él. Ninguna mujer ocuparía ese espacio en su vida. Hacía mucho tiempo se había jurado no ser como su padre y entregarse a una mujer que algún día podría tener el poder de destrozar a su familia. Lo irritaba intensamente estar pensando en eso de nuevo... por segunda vez en muchos meses.

Tras unos minutos juntos, Maggie les anunció la llegada de un conocido común y cuando Vicenzo miró atrás, en la distancia y junto a las puertas, le pareció ver un cabello rojo oscuro y una piel muy clara. No. No podía ser. El corazón le golpeó con fuerza contra el pecho.

Cara se quedó fuera del salón de baile del exclusivo hotel del centro de Dublín durante un largo rato. Los nervios la paralizaron temporalmente. Tenía que aferrarse a la sensación de injusticia, a la rabia que sentía en su pecho, porque de lo contrario fracasaría y dejaría que Vicenzo Valentini se marchara sin conocer las consecuencias de sus actos. Respiró hondo y se reconfortó al pensar que, una vez que hubiera hecho lo que pretendía hacer, saldría de allí y se marcharía a casa sintiéndose algo mejor. Cruzó las puertas y se estremeció ante todo ese ruido y la multitud de asistentes. No se había molestado en arreglarse para la ocasión; de hecho, el único vestido que tenía, el que había llevado aquella noche en Londres, lo había tirado a la basura. Estaba vestida con unos pantalones vaqueros y una camiseta lisa bajo una ligera chaqueta, sin maquillaje y con el pelo recogido en una cola de caballo.

Lo vio casi de inmediato. Estaba de espaldas, pero lo habría reconocido en cualquier parte. Su cuerpo, el muy traidor, reaccionó al verlo. Ese físico alto y poderoso le resultaba íntimamente familiar: la arrogante forma de ladear la cabeza, el pelo corto y negro, la espalda recta. Ella misma había recorrido esa espalda con sus dedos mientras se arqueaba bajo él. Podía recordar el sabor salado de su piel, el modo en que él la había llenado tanto que...

¿Podría seguir adelante con lo que se había propuesto?

A su lado estaba el otro hombre de la foto, tan guapo como Vicenzo y, sin duda, igual de rico. Ignoró el miedo que le decía que saliera corriendo y siguió adelante, acercándose cada vez más y más a Vicenzo Valentini.

Vicenzo sintió un escalofrío en la nuca. En ese momento, Caleb se detuvo a media frase, Maggie miró a su derecha y él captó un evocador aroma a rosas; un aroma muy reciente en su memoria. Su cuerpo ya estaba respondiendo enérgicamente, de un modo que no había sentido en... semanas, y ser consciente de ello supuso un duro golpe.

Con una extraña sensación en el pecho, se giró y allí estaba Cara Brosnan, mirándolo con esos enormes ojos verdes moteados de avellana. El tiempo pareció detenerse durante un largo rato mientras se miraban.

Oyó a Maggie preguntar con curiosidad:

–¿Conoces a esta mujer?

–No, creo que no –contestó, negando la respuesta que ella estaba evocando en él.

Y así, se dio la vuelta y siguió hablando con Maggie y Caleb.

Vicenzo no estaba acostumbrado a enfrentarse a verdades difíciles de asimilar. Él nunca huía de nada, pero allí, y por primera vez en su vida, estaba reaccionando con tanta fuerza a una emoción que no quería explorar, que estaba escondiendo la cabeza bajo tierra.

Cara no podía creer que él hubiera hecho eso, que hubiera negado que la conocía. La rabia se apoderó de ella y comenzó a temblar incontrolablemente mientras se movía para situarse directamente enfrente de Vicenzo, que la miró como diciéndole: «Ni te atrevas». Aunque lo hizo. Se atrevió.

–¿Cómo puedes fingir que no me conoces?

–¡Brosnan!

Cara sonrió con aire triunfante.

–Si no me conoces, ¿cómo sabes mi apellido?

Sabía que tenía que aprovecharse del factor sorpresa durante unos cuantos segundos como mucho y se giró hacia la pareja pensando: «Este hombre es colega de Vicenzo... Si pudiera manchar su reputación, aunque sólo fuera un poco...».

Se había hecho el silencio entre la multitud que los rodeaba.

—¿Sabíais que hace dos meses vuestro amigo estuvo conmigo en Londres? Planeó...

Sus palabras se detuvieron al sentir un fuerte dolor en el brazo; Vicenzo la había agarrado y la estaba alejando de allí, tirando de ella entre la multitud con tanta facilidad como si pesara poco más que una pluma.

Abrió la boca y, como si le hubiera leído la mente, Vicenzo le dijo:

—Ni una palabra más, Brosnan.

La multitud se separó como el Mar Rojo y enseguida llegaron a la puerta del salón de baile. Antes de poder darse cuenta, Vicenzo la había llevado hasta una esquina del vestíbulo.

—No has tenido por qué sacarme de ahí como si fuera una niña de dos años —le dijo ella frotándose el brazo cuando la soltó.

Nunca hasta ahora lo había visto tan furioso... y ¿cómo era posible que, a pesar de ello, pudiera estar fijándose en lo impresionante que resultaba vestido con un esmoquin tradicional? Estaba más guapo de lo que recordaba, si eso era posible, y le dolía como si la hubiera atravesado un puñal pensar que tal vez sentía algo por él a pesar de cómo la había tratado.

—¿Ah, no? ¿Y qué tendría que haber hecho? ¿Dejarte soltar toda la sórdida verdad? ¿Que eres responsable de...?

—¡Para! —le susurró con desesperación, de pronto abrumada por verse tan cerca de él.

—¿Qué estás haciendo aquí?

—¿Qué estás haciendo tú aquí? —le contestó ella con la intención de ganar tiempo y sabiendo perfectamente bien por qué estaba allí. Su furia estaba disolviéndose y formando una masa de emociones confusas ahora que lo tenía delante.

–Tengo negocios aquí, aunque no es algo que a ti te importe.

Cara respiró temblorosa y miró a otro lado. Ya estaba allí. Tenía que hacerlo. A eso había ido. Él tenía que saber lo que había hecho.

–Bueno, yo también tengo unos asuntos aquí. Algo que tengo que tratar contigo.

Vicenzo se acercó a ella y vio cómo se abrieron sus ojos y se le sonrojaron las mejillas. Volvió a inhalar su aroma y le sorprendió ser capaz de no bajar la mirada a su cuerpo, a sus pechos. Tenía el vívido recuerdo de haberle cubierto uno de sus pechos, de lo bien que había encajado en la palma de su mano, y de cómo había sido el tacto de ese terso pezón bajo su dedo. ¡Y de cómo había sabido!

En sólo un instante, una erección tomó forma bajo sus pantalones y eso le hizo recordar que ninguna mujer desde entonces había vuelto a encender su libido. Se excitó como un colegial viendo por primera vez a una mujer desnudándose. No podía creerlo.

–¿Y bien? ¿De qué se trata? Dímelo ahora mismo o haré que te echen a la calle.

Cara se negaba a sentirse intimidada y se acercó más a él antes de decirle:

–Estoy embarazada de ti. Me temo que las consecuencias de tu venganza de aquella noche han ido más allá de lo que te esperabas.

Vicenzo se quedó quieto por un momento antes de dar un paso atrás.

–No es posible. Usé protección –le dijo con expresión de alivio.

—Bueno, debió de romperse o algo así, porque, te guste o no, estoy embarazada. De tu hijo.

Vicenzo visualizó por un momento la imagen de Caleb y Maggie y de lo protector y atento que su amigo se mostraba con su esposa embarazada. Después, intentó tranquilizarse con la idea de que Cara estaba mintiendo. Tenía que estar mintiendo.

—¿Has tardado dos meses en planear la forma de volver a mí? –dijo entre risas–. ¿Y me vienes con esto? ¿Qué pensabas que sucedería? ¿Que te suplicaría que te casaras conmigo por el bien de nuestro hijo? ¿Es que no has podido encontrar a otro millonario iluso al que timar... a Sebastian Mortimer, por ejemplo? ¿A su padre verdadero?

A Cara se le encogió el corazón.

—Ya te lo dije. No me acosté con ese hombre y, por otro lado, no se me ocurriría un destino peor que tener que casarme contigo. Lo único que quiero es que sepas en lo que han derivado tus actos; sobre todo, teniendo en cuenta tu libertad y la vida tan fácil que llevas. No quiero que después me acuses de haber mantenido en secreto que tenías un hijo.

Vicenzo se giró hacia un lado y Cara actuó por puro impulso al pensar que pretendía marcharse y rechazarla otra vez. El dolor era demasiado. Tenía que decir algo para que la creyera. Lo agarró de la manga y lo detuvo. Él la miró a los ojos.

—Odio admitir esto delante de ti, pero esa noche era virgen, aunque tú ni siquiera lo notaras. Este bebé es tuyo y de nadie más –soltó una carcajada a caballo entre un llanto estrangulado y un gemido de dolor–. ¿Crees que después de esa noche me puse a buscar a alguien que me dejara embarazada para luego poder venir a por ti y decirte que el bebé es tuyo?

Vicenzo se quedó paralizado. Podía oír esas palabras, pero de algún modo no era consciente de ellas, de lo que suponían. Tenía que estar mintiendo... Tenía que estar mintiendo. Pero entonces recordó la imagen en la que estaba de pie ante él, con esa sencilla ropa interior de algodón y con actitud de vulnerabilidad. Y recordó también cómo, por un instante, había sospechado que podía ser virgen... antes de que su mente volara a otra parte.

–No es posible.

–Puedes creerme o no, Vicenzo, pero el hecho es que estoy embarazada y que el bebé es tuyo.

Estaba mirándola con unos ojos tan fríos que Cara no pudo creer cómo había podido ver algo de ternura y delicadeza en su mirada. Y entonces, de pronto, decenas de flashes se dispararon a su alrededor. Los dos miraron hacia la luz.

–*Dio!*

Los paraparazis los habían pillado. Cara vio a Vicenzo apartarle con brusquedad la mano de la manga de su chaqueta con la intención de agarrarla por el brazo para llevarla a otra parte y acusarla de haber orquestado esa situación. Pero ella lo esquivó y salió corriendo abriéndose paso entre la multitud de periodistas que gritaban:

–¿Señor Valentini, es cierto? ¿Van a tener un bebé? ¿Cómo se llama la chica?

Cara logró llegar a la puerta, aterrorizada de que Vicenzo pudiera alcanzarla en cualquier momento. Se subió al primer taxi que vio en la entrada del hotel y, cuando arrancó, miró atrás para ver a Vicenzo en la calle y buscando el taxi con verdadera furia en la cara.

Cara se giró y le dio la dirección al taxista antes de cerrar los ojos. ¿Qué había hecho? Comenzó a llorar y se puso una mano contra el pecho para intentar controlar la emoción que estaba amenazando con destrozarla por dentro.

No podía creer que se hubiera dejado llevar tanto como para haberle revelado todo... hasta dónde se extendía su vulnerabilidad e inexperiencia aquella noche. Y al hacerlo, al contárselo todo sobre el embarazo, le había invitado a volver a su vida, a arruinarla más de lo que ya lo había hecho... Porque de una cosa estaba segura: ni por un segundo esperaba que Vicenzo Valentini se alejara de esa situación.

Capítulo 5

SE HABÍA armado un gran revuelo en el vestíbulo, donde los empleados del hotel intentaban echar a los fotógrafos. Cara Brosnan estaba equivocada si pensaba que podía amenazarlo con lo del embarazo. Pero, por otro lado, las fantásticas revelaciones... el hecho de que hubiera sido virgen aquella noche, el hecho de que no se hubiera acostado con Mortimer... era algo que no podía sacarse de la cabeza. ¿Era posible?

Justo en ese momento, oyó tras él la puerta giratoria y sintió una mano dándole una palmadita en la espalda. Se giró para ver allí a su amigo.

–Maggie está intentando controlar las habladurías ahí dentro. ¿Te importaría decirme quién era esa chica y por qué se ha armado todo este revuelo con la prensa?

Vicenzo negó con la cabeza. Por mucho que admiraba y respetaba a su amigo, no podía articular palabra.

–Una advertencia, amigo mío –le susurró Caleb–. Las pelirrojas son peligrosas. Yo debería saberlo bien. Desde el momento en que vi a Maggie, ella puso mi mundo patas arriba.

–Créeme. Esto no se parece en nada a la relación que tenéis Maggie y tú.

Mientras Vicenzo se disponía a volver a entrar en el hotel, sintió de nuevo esa extraña sensación en el pecho... aunque esta vez estaba seguro de que se quedaría ahí dentro por mucho tiempo.

La tarde siguiente, Cara regresaba a su casa después de otra infructuosa jornada buscando trabajo. Esa mañana se había levantado con unas náuseas peores de lo habitual, sin duda como resultado de la estupidez que había cometido la noche anterior. Había estado nerviosa todo el día, esperando que Vicenzo apareciera en cualquier parte y la estrangulara.

Y cuando llegó a su apartamento se le erizó el vello de la nuca al encontrarse la puerta ligeramente abierta. En ese momento supo que preferiría toparse con un ladrón antes que tener que enfrentarse a la persona que sabía que estaba esperándola. Y también sabía que de nada le serviría salir corriendo. Con el corazón latiéndole a mil por hora, empujó la puerta.

Vicenzo Valentini estaba junto al sofá. Llevaba unos pantalones vaqueros oscuros que se aferraban a sus poderosos muslos y un polo oscuro y una chaqueta de cuero marrón que lo hacía parecer diabólico e impresionantemente guapo. No pudo hablar al detenerse en el umbral de la puerta. Ni siquiera se molestó en preguntarle cómo había entrado.

Sin dejar de mirarla, él sacó un pedazo de papel y le preguntó:

–¿Por qué te está chantajeando Sebastian Mortimer?

–¿Cómo te atreves a fisgonear entre mis cosas privadas? –aterrorizada, se acercó para quitarle la carta, pero Vicenzo la agarró del brazo y apartó la carta.

–¿Por qué te está chantajeando Sebastian Mortimer? –repitió con dureza.

–Porque no me acosté con él –intentó soltarse, pero él no se lo permitió–. Pagó las deudas de Cormac sin que yo lo supiera y esperaba que le mostrara mi gratitud... –tragó saliva– convirtiéndome en su amante –se estremeció al recordar cómo había intentado forzarla.

Vicenzo seguía agarrándola del brazo y, por alguna estúpida razón, ella se sintió protegida.

–Está amenazándome con hacerme pagar la deuda si no cambio de opinión.

–Pero debía de estar muy seguro de cuál iba a ser tu respuesta si pagó la deuda por adelantado.

Cara se sintió dolida por el comentario. Lo cierto era que Sebastian era un sociópata arrogante que tenía una noción exagerada de su atractivo. Como confidente de Cormac, sabía lo vulnerable que era ella y había dado por hecho que Cara se iría con él si le solucionaba el tema de las deudas. Al ver que no fue así, se volvió desagradable instantáneamente.

–Bueno, pues no recibió la respuesta que esperaba.

–¿Te hizo daño? –le preguntó Vicenzo apretándole el brazo con más fuerza.

Cara contuvo el aliento mientras recordaba lo aterrorizada que había estado aquel día al ver a Mortimer acercándose más y más a ella, al intentar calmarlo, al buscar una forma de escapar de él...

–No... El... el conserje apareció en la puerta y pude librarme de él antes de que pasara nada.

Vicenzo miró a Cara y, para su sorpresa, no tuvo duda de que el terror que veía en el rostro de la joven era real. Creía en ella, y eso era porque finalmente había tenido que admitir que también la creyó la noche anterior cuando le dijo que era virgen el día que se conocieron. Las señales que había ignorado aquella noche eran algo que no se podía negar.

Pero entonces, ¿por qué Cara había aceptado lo que Mortimer le había dado? ¿Y qué hacía en el club aquella noche? Seguramente estaba buscando un pez más gordo al que engatusar y él, como un tonto, había mordido el anzuelo...

Cara estaba temblando, el modo en que su cuerpo había reaccionado al ver a Vicenzo resultaba perturbador. Finalmente logró soltarse y dio un paso atrás.

—Y antes de que me acuses de eso, tengo que decirte que yo no tuve nada que ver con el circo mediático que se organizó anoche en el hotel.

Vicenzo enarcó una ceja con gesto de incredulidad y dio un paso al frente, ante lo que ella respondió dando un paso más atrás.

—Lo siento, pero no me lo creo. Tú lo orquestaste todo porque ahora has encontrado el modo de reclamar tu gran premio. Después de todo, si Allegra se hubiera casado con tu hermano, su herencia era sólo una parte de lo que yo tengo. Eres una chica lista. Debes de haberte felicitado por haber logrado reservar tu virginidad para el mejor postor... ¿o es simplemente que Mortimer no te gustaba físicamente? Tal vez estabas pensando volver al lado de Mortimer si no encontrabas antes un protector más atractivo y más rico.

A Cara le dolieron esas insultantes palabras y, por un instante, se sintió tan mareada que pensó que se desmayaría.

—Eres un...

—Ah, ah —la detuvo, acercándose un poco más.

Su presencia resultaba enorme y amenazadora, y aun así Cara se dio cuenta de que no se sentía físicamente amenazada... no del modo que Mortimer la había hecho sentir. Ésa era una clase de amenaza muy distinta, y tenía mucho que ver con el modo en que su cuerpo parecía estar lleno de diminutos imanes que querían ir en una única dirección: hacia él. Y eso la mataba.

–La historia de un heredero Valentini ya se ha extendido entre la prensa de aquí y la italiana. Va a ser imposible negarlo sin crear una tormenta aún mayor.

–¿Y por qué habría que negarlo? Es verdad –dijo ella con amargura.

Vicenzo apartó la mirada un instante y se pasó una impaciente mano por el pelo, dejándoselo alborotado. Cuando volvió a mirarla, sus ojos eran absolutamente despiadados, absolutamente fríos.

–¿Tienes pruebas?

Eso la dolió, pero sí que las tenía. Había guardado el informe del doctor en el que decía cuándo nacería el niño aproximadamente, la lista de comidas que tenía que evitar, qué vitaminas tomar, y la fecha de su próxima cita en el hospital. Sacó el papel de su bolso y se lo entregó.

A Vicenzo no le fue difícil calcular que las fechas encajaban con aquella noche en Londres. El informe parecía auténtico y, aunque tenía la posibilidad de contactar con ese médico para verificarlo, no le pareció necesario.

Cara se cruzó de brazos y dijo:

–¿Lo ves? A menos que después de estar contigo me fuera directamente a la cama con otro... cosa que no hice... el bebé es tuyo.

Cara le había hablado con voz temblorosa y se sentía extraña, mareada. Le oyó decir algo inteligible, a lo lejos, y antes de poder darse cuenta, estaba sentada junto a la mesa mientas Vicenzo le servía un vaso de agua.

–Bébetelo –dijo él con una actitud que indicaba claramente que le disgustaba estar allí.

Esperando que no notara el temblor de su mano, Cara tomó el vaso y dio un sorbo antes de dejar el vaso sobre la mesa. Al alzar la vista lo vio de pie, demasiado cerca de ella, y no pudo soportarlo. Se levantó y deprisa se situó en un extremo de la habitación, de pie tras un sillón.

Vicenzo se metió las manos en los bolsillos y dijo:

—Podrías haberle mentido al médico con las fechas. ¿Cómo puedo saber con seguridad que es mi hijo?

En cuanto habló, esas palabras tuvieron un extraño efecto en él: «su hijo», una afirmación de su masculinidad. Y, por mucho que quisiera negarlo, en ese momento creyó que era cierto, aunque no sabía por qué y eso lo irritaba. Odiaba el hecho de no poder basarse en hechos concretos, pero el instinto era abrumador.

—Esa pregunta no es digna de respuesta. Si te sirve de consuelo, te diré que no puedes imaginarte lo mucho que lamento habértelo contado. Yo sólo... Voy a tener un bebé como consecuencia de lo que sucedió... de lo que hiciste...

Él dio un paso adelante.

—¿De lo que hice? En aquella habitación estábamos los dos. ¿Tengo que recordarte que te fuiste y que después viniste derecha a mis brazos? Yo no te forcé a nada.

Dio un paso más, y Cara lamentó haberse situado en un rincón de la habitación.

Vicenzo intentó desesperadamente ignorar sus instintos, intentó ponerle lógica a la situación.

—¿También tengo que recordarte que usé protección? Y digamos que no recuerdo que... funcionara mal.

Cara se sonrojó. ¿Cómo iba a saberlo ella? Estaba claro que carecía de la experiencia que tenía él. De pronto recordó ese exquisito momento, cuando lo había sentido brotar dentro de su cuerpo.

—¿Estás seguro? Quiero decir, ¿cómo puedes estar tan seguro...?

A él le dio vergüenza recordar que en el apogeo de su orgasmo había sentido un placer demasiado intenso y que, después, ni siquiera había comprobado si la protección estaba intacta porque estaba demasiado indignado consigo mismo por haberse dejado llevar por la pasión.

Y sin embargo ahora, con la evidencia en un pedazo de papel en la mano, finalmente tenía que admitir que esa noche no había tenido el más mínimo cuidado.

Prácticamente lo mató la posibilidad de poder haber engendrado un hijo. Su determinación a no tener familia había sido fruto de un juramento hecho hacía mucho tiempo. Incluso su padre sabía que eso era algo que no podía pedirle después de todo lo que había pasado en su familia. Pero después se recordó que su padre había esperado que Allegra lo hiciera abuelo...

Y ahora esta mujer, Cara Brosnan... Tenía algo contra lo que no podía luchar. Era diferente al innumerable número de mujeres con las que había estado, era más peligrosa.

—Ni siquiera has tenido que ir a buscarme, yo he venido a ti. Qué oportuno, ¿no?

—Descubrí que estaba embarazada la semana pasada y después vi el artículo en el periódico diciendo que ibas a venir a Dublín.

—Pero no hay duda de que me habrías informado de mi inminente paternidad tarde o temprano.

—Sí... Te lo habría dicho.

—Por supuesto que sí —respondió él, furioso.

A juzgar por su expresión, Cara entendió que había interpretado mal sus palabras. Ella se lo habría contado porque, independientemente de lo que hubiera pasado, creía que él tenía derecho a saberlo, y no porque quisiera obtener un beneficio económico. Pero él no la creería, y por eso no dijo nada y se limitó a alzar la barbilla.

Vicenzo la miró, vio su determinación en su gesto y en sus ojos verde oscuros. No iba a echarse atrás, y no admitiría que ese bebé era de otro hombre. Eso le dejaba a él sin ninguna opción y, por mucho que odiara decirlo, tenía que hacerlo.

—Bueno, entonces, no tenemos elección. No puedo marcharme de aquí sin ti.

Cara lo miró con recelo.

—¿Qué quieres decir?

Durante un desesperado momento, ella deseó poder fingir que había mentido, que el bebé no era suyo. Pero no podía. Su moral y el respeto por su hijo no se lo permitirían.

—Esto es lo que quiero decir.

A Cara la recorrió un escalofrío.

—Podrías haberte acostado con alguien más después que conmigo, pero supongamos que estés embarazada de mi hijo. Eso lo cambia todo. No dejaré que intentes amenazarme o chantajearme con esto.

Cara apretó los puños y le dijo entre dientes:

—Es tu bebé, pero puedes alejarte de su lado. Siento habértelo contado.

Vicenzo se rió fríamente.

—¿Alejarme? Oh, seguro que sí. Y en cuanto te quedes sola venderás la historia a los periódicos para intentar manipularme. Si no me responsabilizo del bebé, puedes demandarme y manchar el nombre de mi familia —sacudió la cabeza—. No, de ninguna manera.

Cara se estremeció y se aferró con fuerza al respaldo del sillón que le estaba ofreciendo poca protección contra el hombre que tenía delante. El miedo corría por sus venas.

—¿De qué estás hablando?

—Mi padre ha visto las noticias. Él es un hombre tradicional y quiere conocer a la madre de su nieto —dijo con cara de disgusto—, la mujer que ha logrado cambiar a su hijo. Se está recuperando de un infarto. Tu hermano y tú le hicisteis mucho daño, pero no dejaré que le hagas más daño al no concederle el deseo de conocerte. Sobra decir que no sabe que la mujer que participó en la muerte de su hija es la futura madre de su nieto —la miró de arriba abajo—. Si llevas a mi hijo en tu vientre, como dices, sólo se puede hacer una cosa. En media hora partiremos hacia Roma, y nos casaremos lo antes posible. Aunque la idea de casarme contigo me revuelve las entrañas, ya que el matrimonio no es algo que valoro, no me supondrá ninguna emoción hacerlo y me servirá para tenerte vigilada y para darle legitimidad al heredero Valentini. Además, salvará mi reputación. Nuestras acciones ya han estado tambaleándose con el escándalo que se está formando.

—Eso nunca. Jamás me casaría con alguien como tú —dijo horrorizada.

—Entonces, ¿estás dispuesta a firmar un documento legal negando que el niño es mío y jurando que no volverás a ponerte en contacto conmigo durante el resto de tu vida? Porque ésa es la única alternativa al matrimonio.

Deseó poder decirle que sí, pero en un instante vio un futuro en el que ella estaría negándole a su hijo el derecho a conocer a su padre y no pudo hacerlo. Negó con la cabeza sabiendo que estaba sellando su destino.

Una expresión de intenso cinismo atravesó el rostro de Vicenzo.

–Lo que suponía. Serás recompensada por ser la madre de un heredero Valentini y a su debido tiempo seguirás tu camino. Yo tendré la custodia completa del niño.

A Cara le fallaron las rodillas y a través de unos labios entumecidos dijo:

–Pero... no puedes hacer eso. Yo voy a tener este bebé. Es mi bebé –se puso la mano en el vientre como para proteger al niño que llevaba dentro.

Vicenzo esbozó una media sonrisa.

–Creo que descubrirás que puedo hacer todo lo que quiera, señorita Brosnan. No dudo de que con un buen incentivo se te pueda convencer para alejarte de nosotros cuando llegue el momento.

Vicenzo vio cómo el rostro de Cara se quedaba lívido, la vio aferrándose al respaldo del sillón. Ella sabía utilizar muy bien sus expresivos rasgos, era consciente de que con ellos podía manipular a la gente, pero no a él.

–Te doy media hora para recoger tus cosas y salir de aquí conmigo como si estuviéramos felices por habernos reconciliado y estuviéramos embarcándonos en una vida juntos para siempre.

Sabía que Vicenzo era un oponente contra el que no tenía fuerzas para luchar y también sabía con toda seguridad que, si se negaba a ir con él ahora, él no dudaría en sacarla de allí en brazos. El hecho de que su padre estuviera enfermo le tocaba la fibra sensible y lo último que quería era causarle más dolor a ese hombre. No podía llegar a imaginarse lo doloroso que debía de haber sido para él enterrar a su hija, viendo alterado el orden natural de la vida.

Aparte de todo eso, tenía que admitir que se encontraba en una situación precaria y que no podía ocuparse sola de un bebé. Ese sentido de la responsabilidad maternal la invadió y le hizo ver que no tenía elección.

Ladeó la barbilla y con toda la dignidad que pudo reunir, dijo:

–Muy bien.

Nada cambió en la expresión de Vicenzo.

–Entonces, tienes media hora.

Lo cierto era que no tardaría más de diez minutos en recoger todas sus cosas, pero eso él no tenía por qué saberlo. Cuando se dirigía a su dormitorio, él la agarró del brazo para decirle:

–No pienses ni por un segundo que no te haré firmar un acuerdo prematrimonial. Habrá una cláusula en la que se pedirá un análisis de ADN una vez que el bebé haya nacido para confirmar que es mío. Y si no lo es... pagarás caro este engaño.

–El único engaño del que tengo conocimiento es del tuyo, cuando ocultaste tu identidad en Londres.

Según ella se apartaba, Vicenzo recordó ese extraño momento de debilidad, la atracción que sintió por ella y que había resultado en la situación a la que se enfrentaban ahora. Por mucho que la culpara, tenía que responsabilizarse de sus actos, y lo haría, pero que Dios ayudara a Cara si estaba mintiendo.

Capítulo 6

VICENZO soltó el aire que había estado conteniendo. Acababa de hacer la única cosa que nunca había contemplado hacer: pedirle a una mujer que se casara con él. Pero, por mucho que lo enfureciera, lo único en lo que podía pensar era en cómo el aroma de Cara lo había atraído cuando ella había pasado por delante haciéndole recordar cosas que quería olvidar: su pálida piel cubierta de pecas, su sedosa suavidad y el modo en que sus secretos músculos internos lo habían rodeado con tanta fuerza... ¡Era virgen!

Pero no le permitiría seducirlo otra vez.

¿Cómo era posible que la repugnancia que sentía por esa atracción no pudiera empañar su libido? Todo dentro de él se rebelaba contra una situación que nunca había querido. Matrimonio y un bebé. Sólo la idea de convertirse en padre le había resultado odiosa. Su vida consistía en obtener placer con mujeres que sabían lo que había y que no le exigían nada.

Tendría que afrontar la situación como si se tratara de un negocio en el que no entrarían sus emociones. Era un negocio, simple y llanamente. Tendría un heredero.

Se sentó en el sillón a esperar. Sabía que Cara estaría pensando que tenía la situación bajo control, pero a juzgar por su actitud, creía que había logrado inquietarla. Pero el hecho de que eso no lo hiciera sentirse triunfante lo perturbaba. Volvió a ver la carta de chantaje de Sebastian Mortimer y en un instante tomó una decisión y sacó el teléfono móvil para hacer una llamada.

Cuando Cara salió del dormitorio, Vicenzo estaba al teléfono hablando en italiano. Se le encogió el estómago. Ella se había cambiado de ropa y se había puesto unos vaqueros y un jersey y se había recogido el pelo. La recorrió con la mirada y se fijó en su pequeña maleta antes de terminar la conversación y guardarse el móvil en el bolsillo.
–Está arreglado.
–¿Qué quieres decir?
–En veinticuatro horas voy a saldar esa deuda por ti. Y si Mortimer intenta algo, tenemos su carta como prueba.
–Pero... eso quiere decir que voy a tener que deberte algo –el alivio momentáneo de saber que Sebastian ya no volvería a molestarla se vio disminuido enseguida ante una amenaza mucho más potente.
–¿Por qué harías algo así?
–Porque tengo que admitir que me excita la idea de pensar que cada penique que ganes me lo estarás debiendo a mí durante un tiempo considerable. Y porque preferiría que mi esposa no estuviera relacionada con un posible escándalo.

Lo que había dicho Vicenzo era cierto; tardaría años en pagarle la deuda más los intereses.
–Vamos –recogió su maleta y le indicó que saliera ella primero.

Cara deseaba poder enfrentarse a su carácter dominante, pero no podía olvidar que había sido ella la que lo había invitado a entrar en su vida y ahora tenía que aceptar las consecuencias. Se centraría en el hecho de que odiaba a Vicenzo Valentini e intentaría olvidar que durante un breve momento había sentido por él algo que era totalmente opuesto.

Vicenzo metió la maleta en el maletero de un elegante coche y después le sujetó la puerta del copiloto. Cuando arrancó el coche y se incorporó a la carretera, un vehículo que circulaba en sentido contrario hizo que Cara se estremeciera en su asiento.
—¿Qué ha pasado?
—Na... nada. Es sólo que me he asustado, nada más —dijo tartamudeando.
—Ni siquiera estábamos cerca.
—Lo sé. Es sólo que... es la primera vez que me siento en el asiento delantero desde...

No pudo terminar. Su reacción no había sido racional porque la noche del accidente estaba sentada en el asiento trasero. Vicenzo se quedó muy tenso y no dijo nada. No había duda de que le había recordado la razón por la que la odiaba tanto. Hundida, Cara giró la vista para mirar por la ventana.

Vicenzo no perdió tiempo para sacarla del país. A la hora ya habían subido a un pequeño avión privado y unas cuantas horas después, cuando ya era de noche, aterrizaron en Roma. En ningún momento intercambiaron palabra y el trayecto hasta un elegante ático en el centro de la ciudad duró minutos.

Vicenzo le enseñó dónde estaba la cocina, diciéndole que podía servirse todo lo que quisiera, y a continuación la llevó a una impresionante habitación de invitados. Después de darse una ducha, Cara se sintió invadida por el cansancio y se coló entre unas deliciosas sábanas de algodón egipcio para en un instante caer en un sueño profundo por primera vez en mucho tiempo.

A la mañana siguiente, cuando se despertó, se quedó impactada al ver lo que no había visto la noche antes: las ventanas que iban de techo a suelo con vistas a la ciudad. Sintió una pequeña emoción en el pecho. Nunca había viajado a ninguna parte que estuviera fuera de Irlanda o de Londres, y ahora... se encontraba saliendo de una cama enorme para detenerse junto a la ventana y contemplar en la distancia la icónica y familiar imagen del Coliseo.

Justo entonces oyó un ruido y se giró. No, no estaba de vacaciones. Vicenzo estaba en la puerta, alto y poderoso, vestido con unos pantalones oscuros y una camisa gris. Cara no logró adivinar la expresión de sus ojos y se cruzó de brazos, avergonzada por la única prenda de ropa que llevaba encima, una camiseta grande con dibujos de ovejitas.

–¿Has dormido bien? –le preguntó él como buen anfitrión.

Cara asintió, dispuesta a seguir con el juego.

–Sí, gracias. La cama era... muy, muy cómoda.

–Cuando estés lista, baja al comedor. Tenemos cosas que discutir.

Dio un paso atrás y cerró la puerta. Cara le sacó la lengua, aunque ese gesto tan infantil no la hizo sentirse mejor.

Vicenzo intentó centrarse en el periódico, pero la imagen de Cara y de su silueta contra la ventana llevando nada más que una camiseta y con el cabello alborotado, estaba ardiendo en su retina. Sus largas y esbeltas piernas le recordaron el modo en que lo había rodeado con ellas mientras él se deslizaba en su interior. El deseo que sintió esa noche al acostarse con ella a pesar de saber quién era, era algo que Vicenzo aún no podía perdonarse.

Cuando oyó un sonido junto a la puerta, alzó la vista y allí se encontró a Cara, vestida con la misma ropa del día anterior. Eso lo irritó, y el hecho de verla tan vacilante y con el cabello completamente recogido hacia atrás lo irritó aún más.

–Siéntate y sírvete. Y deja de actuar, Cara. Ahora estás aquí y he sido sincero al decirte lo que puedes esperar que suceda, nada va a cambiar eso.

Cara se sentía intimidada ante su irresistible aspecto y ese telón de fondo, con Roma prácticamente a sus pies. Parecía un hombre plasmado en una revista como la quintaesencia del magnate moderno.

Después de servirse café y unas pastas, se sentó para desayunar y a cada mordisco o sorbo que daba no dejaba de repetirse que ese hombre era un autócrata controlador y vengativo.

–Necesitaré tu certificado de nacimiento y tu pasaporte.

–Necesitaré que me los devuelvas.

Vicenzo sonrió con crueldad.

–No te preocupes, no tengo intención de confiscar tu pasaporte como si fuera una especie de señor medieval. Cuando veas Sardinia, sabrás que escapar será extremadamente peligroso. Sin mencionar el hecho de que, incluso si fueras a intentarlo, la deuda de Cormac volvería a estar a tu nombre en cuestión de veinticuatro horas, después de que las autoridades pertinentes hubieran sido informadas. Sin embargo, me quedaré con el pasaporte como garantía mientras estamos en Roma.

La taza de Cara hizo ruido contra el plato. Estaba invadida por la rabia.

–Por mucho que me gustaría marcharme y no volver a verte la cara, la idea de estar aquí y convertirme en una molestia constante para ti me atrae.

Vicenzo se inclinó hacia delante y con una fría sonrisa dijo:

–No me pongas a prueba, Cara, y no intentes jugar con fuego. No ganarás.

Más tarde ese día, Cara tuvo que admitir que Vicenzo Valentini era posiblemente la persona más fría que había conocido nunca. El hombre del club era tan distinto al hombre que ahora estaba sentado en el salón de la boutique, que tuvo que preguntarse si se había vuelto loca al permitir que se convirtiera en su primer amante.

Salió de sus pensamientos cuando la dependienta señaló a los montones de ropa que los rodeaban.

–¿Está segura de que no quiere ver nada más, señora? ¿Algo un poco más alegre?

Cara negó con la cabeza.

–Estoy segura –dijo con firmeza.

–Pero, señora, el vestido que ha elegido para llevar en el registro...

–Así está bien. De verdad. Yo... quiero decir, mi prometido y yo estamos de luto, así que no sería apropiado ir vestida de blanco.

La joven se sonrojó.

–Lo siento, no lo sabía... Bueno, sabía lo de la hermana del *signore* Valentini, pero... –añadió la dependienta, avergonzada, antes de empaquetar todas las compras.

Un grupo de paparazis los había seguido durante todo el día en cuanto habían salido del ático. Vicenzo la había llevado a varias tiendas y en ninguna de ellas se había comportado como el típico prometido caballeroso; la había ignorado hasta que la ropa estaba empaquetada y ella preparada para marcharse.

Cuando salieron de esa tienda, a Cara le llamó la atención una imagen y un titular que vio en un puesto de periódicos. Los paparazis por fin habían desaparecido, seguramente satisfechos con todas las fotografías que les habían hecho mientras hacían las compras en las que Vicenzo había insistido.

–¿Qué dice? –le preguntó ella temblorosa cuando Vicenzo tomó el periódico.

–Dice: «Una nación perderá a su soltero de oro cuando Valentini se case en pocos días».

Cara sintió náuseas. Estaba atrapada en esa telaraña que Vicenzo había tejido... con su ayuda... y ahora no podría escapar hasta que tuviera al bebé. Pero, curiosamente, ese pensamiento no despertó el miedo que esperaba. Sabía que, como madre del bebé tendría derechos, por muy rico y poderoso que fuera Vicenzo. Aquello que dijo sobre poder comprarla parecía ser fruto de algo que pensaba de las mujeres en general. Esa revelación y el hecho de que Cara no tuviera curiosidad por saber a qué se debía esa forma de ver a las mujeres, hizo que durante el trayecto de vuelta al apartamento no se dirigieran la palabra.

Varias mañanas después, Cara se despertó para ver que Vicenzo se había ido, al igual que todas las mañanas, dejándole únicamente una nota en la que le comunicaba que un guardaespaldas estaría esperándola abajo si quería salir y visitar la ciudad. No había sido tan tonta como para creer que Vicenzo estaba preocupado por su seguridad, pero había aprovechado la oportunidad de recorrer la ciudad y quedar encantada con su belleza antigua e imponente.

A su regreso, entró en el comedor y se asomó a la ventana, sintiéndose insoportablemente sola. Lo que más la asustaba era que se sentía sola por no tener... conexión y relación con Vicenzo. La conexión que había pensado que existía la noche que él la había seducido. Durante esos breves momentos cuando le había hecho el amor, se había sentido segura y a salvo. Y, cuando la había tomado, había sentido algo que iba más allá de lo meramente físico. Intentó ignorarlo, pero anhelaba esa conexión y se reprendió severamente por ello. Tenía que borrar esa noche de su cabeza; para él no había sido más que parte de una venganza. Enzo estaba muerto. Él nunca había existido. Había sido Vicenzo todo el tiempo y cuanto antes lo recordara, mejor.

El teléfono sonó en ese justo momento y Cara se sobresaltó antes de responder.

–¿Diga?
–Nos han invitado a una fiesta privada esta noche.
–¿A los dos?
–Tienes que estar preparada a las siete. Será positivo que nos vean juntos en la víspera de nuestra boda.

Cara abrió la boca para hablar, pero lo que emitió fue un sonido de indignación al darse cuenta de que él ya había colgado. Colgó el teléfono con un golpe y le agradeció lo que había hecho... porque era un buen recordatorio de por qué nunca había existido ninguna conexión entre los dos.

Capítulo 7

ESA NOCHE Cara salió del dormitorio para dirigirse al salón principal. Había oído a Vicenzo llegar a casa y ya eran las siete en punto, la hora a la que tenía que estar lista. Odiaba sentirse nerviosa. Quería aferrarse a la rabia que había sentido antes, pero estaba abandonándola como un cobarde traidor. Respiró hondo y entró para encontrarlo sirviéndose un whisky, o algo parecido, en un vaso de cristal. La noche caía sobre Roma como una manta malva, con las luces parpadeando haciendo de la escena algo impresionantemente seductor. Se giró para mirarla y Cara tembló, al sentirse demasiado arreglada y expuesta.

Vicenzo agarró el vaso con fuerza en un acto reflejo. El vestido no tenía mangas, era negro y ajustado, con un solo hombro al aire. Le llegaba justo por debajo de las rodillas y tenía el detalle de un bolsillo en la cadera que acentuaba su esbelta figura. Unas sandalias de tacón de aguja plateadas llamaron la atención de Vicenzo, que se fijó además en sus pequeños pies y en el delicado tono coral de sus uñas haciendo que se sintiera extrañamente protector hacia ella.

Tenía el pelo recogido en un moño suelto y llevaba unos pendientes de aro que le rozaban el cuello. Ni un maquillaje exagerado ni joyas caras, sólo esas pestañas increíblemente largas y su evocativo aroma. Su boca de un suave tono rosado le hizo lamentar no haberla besado de nuevo y de pronto quería besarla con intensidad.

—No estaba segura de cuánto tenía que arreglarme...
—Así está bien —la interrumpió. La voz de Cara hacía que su cuerpo se tensara contra sus pantalones. Se bebió la copa de un trago y se acercó para agarrarla del brazo y sacarla de allí antes de llegar a cometer una estupidez como besarla.

Había estado en su mente todo el día, y lo único en lo que había sido capaz de pensar era en la revelación de su virginidad y en lo mucho que deseaba volver a hundirse dentro de ella.

Cara estaba sentada en la parte trasera del coche junto a Vicenzo y aún no sabía si le había disgustado la elección de su vestido. Él llevaba un traje negro, una camisa negra y una corbata azul oscura. Tan moderno y clásico a la vez que le robó el aliento porque el negro del traje lo hacía parecer más oscuro, más peligroso. Estaba mirando al frente, ofreciéndole sólo los duros rasgos de su perfil.

Llegaron a una casa palaciega con lucecitas centelleando en árboles y a lo largo del muro que la rodeaba. El coche fue aminorando la marcha al situarse tras una fila de otros vehículos.

—Darío, para aquí. Iremos caminando.

El conductor asintió diligentemente, y Vicenzo salió deprisa para rodear el coche y abrirle la puerta a Cara. Y cuando ella le dio su mano, recordó el momento en Londres en que había creído que esa noche estaba marcada por el destino.

Tras una suntuosa cena, durante la cual Cara había intentando no sentirse fuera de lugar rodeada de tanto lujo, ahora estaba junto a Vicenzo mientras él charlaba con otros hombres. Se había fijado en sus abiertas miradas especulativas y en las de las mujeres sentadas alrededor de la mesa, algunas de las cuales la habían mirado con desdén y le habían recordado a algunas de las conquistas de Vicenzo. En un momento de debilidad, lo había buscado en Google y había sentido náuseas ante el desfile de impresionantes mujeres que habían pasado por su vida. Se le encogió el estómago. ¿Tendría una amante en la actualidad? ¿Habría estado viéndose con alguien durante las últimas noches en Roma? ¿Era ésa la razón por la que había llegado tan tarde a casa? Odiaba admitirlo, pero se había estado quedando despierta hasta oírlo volver al ático.

Y ¿por qué pensar que pudiera tener una amante le dolía tanto? Dio un sorbo de agua y tosió cuando el líquido se le fue por otro lado. Inmediatamente sintió la cálida mano de Vicenzo en su espalda, aunque verlo con esa expresión de preocupación casi hizo que volviera a atragantarse. Durante toda la noche había estado comportándose como el prometido perfecto, pero ella prácticamente lo apartó y lo ignoró.

—El lavabo. Iré a refrescarme un poco –le dijo antes de darle su vaso.

Después de eso, Vicenzo intentó centrarse en la conversación, pero no lo logró. ¿Dónde estaba Cara? Sintió pánico. Sabía que no se habría marchado sin él, pero aun así... Iban a casarse al día siguiente y, aunque había esperado sentirse agobiado por ello, lo que de verdad estaba sintiendo era impaciencia. Se dijo que estaba impaciente únicamente por llevarla a Sardinia, donde la tendría exactamente donde quería: bajo su absoluto control.

Y entonces la vio. Estaba de pie en una esquina de la sala hablando con un hombre alto y distinguido. Vicenzo lo reconoció. Era un seductor, conocido por coleccionar jóvenes amantes mientras su mujer cuidaba de sus hijos. Una furia ciega iba acumulándose dentro de Vicenzo según se abría paso entre la multitud. Cara estaba asintiendo en respuesta a lo que fuera que Stefano Corzo le decía. Allí estaba ella, alta y esbelta, con una actitud tan deliberadamente recatada mientras el resto de mujeres se paseaban por allí pavoneándose, que al verla se enfureció todavía más.

A Cara se le puso la piel de gallina y supo que Vicenzo estaba cerca. Tuvo que ocultar el escalofrío que sintió al notar su brazo deslizarse alrededor de su cintura.

—Es hora de marcharnos. Mañana nos espera un gran día.

La boda.

Dentro del coche, la tensión flotaba en el aire, pero por otro lado, Vicenzo se sentía aliviado de tener a Cara a su lado, lejos de Stefano Corzo y del resto de hombres que se habían fijado en su pálida e inusual belleza.

—Bueno, ¿y de qué estabais hablando Stefano y tú?

Cara lo miró brevemente, con recelo, antes de volver a mirar hacia otro lado.

—Estábamos hablando sobre el reciente auge económico y la posterior caída que se ha vivido en Irlanda y los efectos que ha tenido en Europa.

En ese momento, miró a Vicenzo, con gesto desafiante. No tenía duda de que probablemente él había pensado que había estado intentando seducirlo, pero había sido Stefano el que había ido hacia ella. Contuvo las ganas de decir algo más y se limitó a apretar los puños sobre su regazo.

Vicenzo la miró, con los ojos brillantes. ¿Había estado hablando de economía? No sabía qué pensar...

Cuando entraron al apartamento y Cara se quitó el chal, se giró para dirigirse a su dormitorio, pero él estaba bloqueándole el paso con su impresionante y dominante presencia. Ella dio un paso atrás.
–Me voy a dormir...
¿Por qué de pronto se sentía como si le faltara el aliento? Una descarga eléctrica pareció colarse entre los dos acompañada por una sensación tan erótica que Cara pensó que debería salir corriendo... y deprisa. Pero no podía moverse, la profunda y oscura mirada de Vicenzo la tenía clavada al suelo. Él alargó la mano y le alzó la barbilla. Posó los ojos en su boca. El corazón de Cara comenzó a golpearle el pecho frenéticamente.

Su aroma la envolvió y su aliento le rozó la boca antes de darse cuenta de que Vicenzo estaba a punto de besarla. Sin embargo, justo en ese momento, ella tuvo una reacción visceral. Anhelaba ese beso, pero no podía arriesgarse a que él la rechazara. Nada había cambiado. Le puso las manos en el pecho para empujarlo y apartó la cabeza haciendo que la boca de Vicenzo se posara en su mejilla. Sólo eso ya la hizo perder el equilibrio.

Él la rodeó por la cintura y la llevó contra su cuerpo. Cara emitió un grito ahogado mientras el calor la invadía y comenzaba a notar la excitación de Vicenzo junto con la correspondiente humedad de deseo entre sus piernas.
–No. No te dejaré hacerlo. No te deseo.
Aunque lo dijo, ella misma sabía que estaba mintiendo porque lo deseaba más que nada.

Vicenzo bajó la mirada hasta su hombro y al instante comenzó a deslizar sobre su piel el único tirante del vestido.

Cara intentó detenerlo, pero tenía las manos atrapadas contra su pecho, que parecía una pared de acero, una cálida pared de acero. El corazón le latía tan deprisa que estaba segura de que él podía estar notándolo.

Vicenzo bajó la cabeza y comenzó a besarla sobre el hombro para, a continuación, bajar más todavía el tirante del vestido. Avergonzada, Cara notó cómo uno de sus pechos quedaba al descubierto.

–Vicenzo, por favor, no...

–Vicenzo, por favor, sí... –dijo él con un sonido gutural haciéndole recordar a Cara el momento en que la había tomado aquella noche–. No te engañes a ti misma, Cara. Deseas esto tanto como yo.

Ella sacudió la cabeza desesperadamente para negarlo, a pesar de saber que estaba mintiéndose. Contuvo el aliento cuando Vicenzo le bajó el vestido hasta exponer sus pechos por completo y a continuación le sujetó las manos, desafiándola a detenerlo.

Cara no podía moverse, ni pensar, ni hablar.

Con un brillo triunfante en los ojos, él bajó la cabeza y cerró su boca alrededor de la cumbre de uno de los pechos. Y, cuando captó el seductor aroma de su excitación, su deseo aumentó. Sabía que de un momento a otro podría desnudar a Cara y tomarla allí mismo, de pie contra la pared. Con un esfuerzo supremo, se detuvo y se apartó, antes de subirle rápidamente el vestido para ocultar la imagen de sus pechos.

Ver a Cara con el moño medio deshecho, el rostro sonrojado y su pulso acelerado bajo la pálida piel de su cuello, le indicó el deseo que ella sentía por él.

Volvió a colocarle el tirante y ella se estremeció.

–Mañana vamos a casarnos y éste será un matrimonio en toda regla. En la cama y fuera de ella. Tendré alguna recompensa a cambio de casarme conmigo, Cara. No creo que sea necesario que busquemos amantes cuando los dos sabemos lo bien que nos puede ir... por lo menos hasta que nuestro deseo se consuma, algo que, sin duda, acabará pasando.

Cara intentó recuperar el equilibrio; estaba atormentada por haber dejado que Vicenzo le hiciera perder el control y se sintió dolida y furiosa ante su fría declaración.

–Vete al infierno, Vicenzo. No dejaré que te acerques a mi cama.

–Unas palabras muy valientes, Cara –le respondió él con voz sedosa–. Pero creo que ya hemos demostrado que no será así.

Y antes de que ella pudiera ser la primera en marcharse, él se giró y se alejó, dejándola allí, despeinada y con un deseo insatisfecho.

La noche siguiente, mientras preparaba la cena, Cara se sentía entumecida por dentro y por todo el cuerpo. Se había casado con Vicenzo Valentini. Algo resplandeció cuando movió la mano para agarrar una olla y miró la sencilla alianza de platino que tenía en el dedo. Se estremeció. Era bonito y le sentaba bien a su pálida y estilizada mano.

Bruscamente se lo quitó y lo dejó sobre la encimera de mármol. Se mantuvo ocupada cocinando e intentó, sin llegar a lograrlo, no pensar en lo sucedido durante el día. Cuando había salido de su dormitorio esa mañana con un sencillo vestido gris, Vicenzo la había metido de nuevo en la habitación y había abierto su armario. Al no ver nada más que tonos negros, grises y azules oscuros, le había dicho:

–¿A qué demonios crees que estás jugando?
–Por si te has olvidado, los dos estamos de luto. No voy a hacer el papel de una novia ingenua y feliz y convertir este matrimonio en una farsa mayor de lo que ya es.

Él se la había quedado mirando un momento con un brillo de sospecha en los ojos antes de sacarla del dormitorio con la orden de que estuviera lista en cinco minutos.

A la ceremonia celebrada en el registro habían acudido sólo dos colegas de Vicenzo. Probablemente fue la ceremonia celebrada allí en la que había habido menos amor.

Cara se había asegurado de que la boca de Vicenzo no se posara en sus labios en el momento del beso y él le había susurrado:

–Cuidado, Cara.
–Eres el último hombre al que quiero besar –le había respondido ella.

Una vez fuera, sobre las escaleras del edificio y mientras posaban para los paparazis, él le había agarrado la mano con fuerza y ella se había sentido consternada al darse cuenta de que había necesitado su apoyo ante tanta expectación mediática. Vicenzo había hablado en inglés y en italiano, soltando mentiras por la boca mientras les contaba a todos que había estado tan impaciente por casarse con su prometida que había renunciado a la celebración en Roma. Todo se celebraría en Sardinia, en la villa familiar. La prensa se había deleitado con la historia de ese vividor que se había dejado enamorar por una chica pálida, desconocida y poco interesante.

Y entonces Vicenzo la había dejado en el ático, diciéndole que tenía asuntos que atender en la oficina durante el resto del día con el fin de dejarlo todo en orden antes de marcharse a Sardinia.

Ella había firmado el acuerdo prenupcial después de haber leído que él no le ofrecería nada si insistía en quedarse allí cuando el bebé naciera y le ofrecería una pequeña fortuna si decidía marcharse. Cara no había tenido ningún problema para firmar ya que no deseaba su dinero y no tenía la más mínima intención de abandonar a su bebé.

Mientras intentaba calmar, cocinando, su frustración por sentirse tan sola, ignoró que Vicenzo estaba de pie junto a la puerta, observándola. Abrió la nevera y sacó una jarra de pesto.

–Qué bonito. Estás haciéndonos la cena como una buena esposa.

Cara se giró y la jarra de pesto se le cayó de las manos para ir a parar sobre el inmaculado suelo. En un instante Vicenzo estaba a su lado, agachado para recoger los pedazos de cristal, pero la salsa gris moteada con albahaca estaba derramada por todas partes. A Cara seguía latiéndole el corazón cuando miró abajo y vio su brillante cabello negro. Enseguida se movió para ayudarlo, pero dio un grito ahogado de dolor cuando un cristal se clavó en su pie desnudo.

Vicenzo se levantó y la tomó en brazos como si fuera una pluma para sentarla sobre la isla en medio de la cocina. Se agachó para examinarle el pie.

–Lo siento. Me has asustado.

–No deberías haberte movido –respondió él mientras le sostenía el pie entre sus cálidas manos y lo miraba detenidamente.

De pronto Cara sintió una gran emoción dentro de ella por el modo tan delicado en que la estaba tratando, tan opuesto a su frialdad habitual. Era casi como si con ese gesto Vicenzo estuviera derritiendo la capa de hielo con la que Cara había cubierto su corazón para poder superar ese día. Pero ahora todo amenazaba con abrumarla...

–Lo siento. Ha sido un accidente.

Vicenzo alzó la cabeza. ¿Era emoción eso que había oído en su voz? La había visto desde la puerta, moviéndose por la cocina, con una sencilla camiseta negra y una falda negra, y el color negro lo había enfurecido.

Suponía que debía de estar enfadada porque ahora sabía que estaba verdaderamente atrapada; había firmado el acuerdo prenupcial esa mañana y, aunque no lo había mostrado, no debía de haber sido fácil para ella renunciar a la fortuna que podría haberle reclamado de no haber habido acuerdo. Él se lo había puesto muy fácil y lo había dejado claro: si se marchaba y renunciaba al niño, sería bien recompensada. No dudaba ni por un segundo que ella fuera a tomar esa opción.

Sin embargo, tenía que admitir que la noche anterior casi había esperado que Cara lo sedujera para intentar asegurarse más dinero..., pero no lo había hecho. Había sido él el que se había abalanzado sobre ella.

Se centró en extraer el sorprendentemente grande cristal y la oyó gemir de dolor al hacerlo; después buscó algo para limpiar la herida. Oír ese sonido de dolor lo había afectado más de lo que quería admitir. Le levantó la cara, pero sus ojos estaban cerrados y tenía la boca apretada formando una fina línea. Pudo ver una lágrima cayéndole por la mejilla. Se sintió conmovido de algún modo e instintivamente le secó la lágrima con su pulgar.

–Ya te he quitado el cristal.

A Vicenzo le ardía la sangre, no podía evitar hacer lo que había estado queriendo hacer desde aquella noche en Londres, lo que ella le había impedido hacer antes... la besó.

Le rodeó la cara con las manos y le soltó el cabello para que le cayera sobre la espalda.

Cara sabía que debía rebelarse, aunque apenas podía respirar al sentir la boca de Vicenzo ejerciendo una cálida y embriagadora presión sobre sus labios. Pero el dolor seguía ahí, su rechazo seguía vivo y no podía creer que le hubiera dejado verla llorar. Estaba hecha un lío; allí estaba, con su enemigo mortal, un hombre que la había hecho un daño inmenso, y aun así lo único que quería era perderse en su abrazo. Todo era como aquella primera noche: el intenso deseo tomando forma en su interior y borrando sus preocupaciones, las razones por las que no debería estar haciendo eso...

La lengua de Vicenzo recorría sus labios con más intensidad, pero ella seguía sin ceder. Sin embargo, su traicionero corazón había comenzado a latir de nuevo y en ese instante supo que estaba perdiendo fuerza. No podía vencerlo. Y así, con un diminuto gemido de frustración, Cara dejó de apretar los labios. Vicenzo le sujetó la cabeza con más fuerza y se situó entre sus piernas, encendiendo un fuego dentro de ella; y después, con una finura devastadora, la besó hasta que ella no pudo resistirse más y abrió la boca, aceptando la invasión de la lengua de Vicenzo, permitiéndole saborearla exactamente como ella había deseado que hiciera aquella noche en Londres.

La mezcla de alivio y deseo la estaba mareando mientras se aferraba a sus fuertes hombros en esa vorágine de sensaciones.

—Rodéame con tus piernas —le dijo él con una voz grave e intensa.

Y ella lo hizo automáticamente.

Vicenzo posó una mano sobre su trasero y la sacó de la cocina. Ella deseaba que la besara otra vez y que nunca dejara de hacerlo. Deseaba que le hiciera olvidar, como lo había hecho antes. Pero, ante todo, lo deseaba a él. Lo besaba por el cuello, por la mandíbula, por todos los lugares adonde alcanzaba. El sabor de su piel bajo su boca estaba haciendo que su sangre y su vientre ardieran.

Cuando él la tendió sobre la cama de su dormitorio, se desnudó con impaciencia y con su gloriosa desnudez, se tumbó a su lado. Le quitó la camiseta y el sujetador y, al deslizar una mano sobre uno de sus tersos y sensibles pechos, ella arqueó la espalda y cerró los ojos mientras se mordía el labio.

Vicenzo le bajó la falda y durante un instante se quedaron mirándose fijamente a los ojos. Después, él agachó la cabeza y tomó su boca en un largo beso. Cara había temido que no volviera a besarla, pero ahora sus lenguas se enredaban acaloradamente. Ella se arqueó contra él, para sentir el roce de sus pechos contra su torso.

Tras recorrerle la espalda con una mano, dejando una línea de fuego a su paso, Vicenzo cubrió una de sus nalgas y le quitó las braguitas. Cara podía sentir ese familiar deseo en su interior, esa humedad entre sus piernas... y con un movimiento instintivo, lo rodeó con una pierna y ese gesto hizo que él gimiera con intensidad.

Cara deslizó una mano para acariciar su sedosa erección, que parecía acero cubierto de terciopelo. Él se tensó y ella lo miró a los ojos. Había soñado con ese momento todas las noches desde lo que sucedió en Londres... por mucho que odiara admitirlo.

Vicenzo, sin dejar de mirarla, le apartó la mano de su sexo, y con unas delicadas caricias, encontró el centro de su deseo, buscó ese lugar donde parecían confluir todas sus terminaciones nerviosas mientras ella, con la respiración entrecortada, se aferraba a sus hombros. Pero él apartó la mano y al instante Cara lo sintió adentrándose en ella; esa intrusión aún ligeramente desconocida, pero deliciosamente familiar a la vez.

Tenía tan poca experiencia... Vicenzo no podía creer que no se hubiera dado cuenta aquella primera vez.

Los pechos de Cara se movían arriba y abajo contra su torso acompañados de una agitada respiración. Cuando se deslizó más adentro, la sintió acomodándose a su miembro con una serie de movimientos convulsos y giros de cadera. Eso era lo que lo había cautivado la primera vez, lo que le había hecho pensar que era una amante experimentada, pero ahora podía notar la naturaleza no instruida de sus movimientos. Se había equivocado con ella, pero no podía pensar en eso ahora porque estaba embrujándolo otra vez.

Agachó la cabeza y la besó intensamente mientras se hundía completamente en su interior. Ella, con los brazos apretados alrededor de su cuello, le mordisqueaba el labio inferior y cuando él comenzó a moverse adentro y afuera, el mundo quedó reducido a ese dormitorio, a ese momento, a esa mujer y a la explosión que estaba aproximándose más y más rápido a cada movimiento de sus caderas.

Se tambalearon juntos en el precipicio del éxtasis y después, con un último gemido, Cara cayó en una vorágine de placer tan devoradora que temió que la hubiera arrastrado para siempre, de no haber estado aferrada a Vicenzo.

Cuando finalmente volvió a la tierra y a la realidad de lo que había sucedido, se apartó del abrazo de Vicenzo. Se puso la ropa y se sentó en una silla situada en una esquina del dormitorio, en la oscuridad. Se quedó mirándolo mientras dormía, como si eso pudiera ayudarla a ponerle algo de sentido a la situación.

Aún no podía creerse lo que había ocurrido y estaba enfadada consigo misma; su patético intento de resistirse a su beso no había durado ni diez segundos. Intentó desesperadamente justificar sus actos: vivía un difícil momento emocional y no había tenido las defensas suficientes para hacerle frente a Vicenzo. Sin embargo, Cara sabía que se estaba mintiendo a sí misma.

Había dicho que jamás se acostaría con él, pero prácticamente le había dado envuelto su regalo de boda al no haber opuesto resistencia. El recuerdo de ese incendiario beso la asaltó. No era posible que un beso significara tanto...

Se tocó los labios. Estaban algo hinchados. Sensibles. Había sido maravilloso besarlo y ser besada por él. Se levantó asustada por lo que estaba sintiendo y salió en silencio de la habitación para ir a recoger la cocina. Vio las gotas de sangre de su pie y tembló mientras las limpiaba. ¿Había cedido ante Vicenzo porque había estado buscando otra vez esa conexión? ¿La conexión que jamás había existido?

Oyó una tos desde la puerta y alzó la vista. Vicenzo estaba allí, vestido únicamente con los pantalones cuyo botón estaba abierto y con los brazos cruzados sobre ese formidable pecho. El rostro de Cara se sonrojó y su cuerpo se llenó de un renovado deseo.

Él enarcó una ceja.

—¿No querríamos repetir lo que ha pasado, verdad?

Ella se enfureció. Se sentía expuesta y vulnerable, y su cuerpo aún palpitaba ligeramente.

—No —respondió ella evitando su mirada mientras limpiaba el suelo—. No nos gustaría.

Al instante él estaba a su lado, y la levantó del suelo tirándole del brazo.

—Estaba hablando de la jarra que se ha caído, no de lo que ha pasado después.

—Y tú sabes perfectamente bien de lo que estoy hablando yo.

—Eso ha sido un ejercicio para demostrar la facilidad con la que caerás en mi cama. Así que, sí, Cara, con esa clase de química habrá muchas repeticiones.

Ella intentó soltarse, pero él le agarró el brazo con más fuerza cuando vio algo por detrás de su cabeza y alargó la mano para recogerlo. Era el anillo de boda.

—No quiero verte sin este anillo, Cara —le dijo poniéndoselo en la mano.

En lugar de decirle que se lo había quitado mientras cocinaba, le respondió simplemente:

—Sí, señor.

Vicenzo le apretó la mano y ella seguía evitando su penetrante mirada.

—Juega conmigo, Cara. Eso ayudará a animar las cosas. Y cuando esté listo para dejarte marchar, cuando haya nacido mi heredero, entonces podrás quitarte el anillo y arrojarlo al mar, si eso es lo que quieres.

—Eso no sucederá porque no voy a abandonar a mi hijo —dijo temblorosa y mirándolo finalmente. La mirada de Vicenzo era tan fría que la recorrió un escalofrío.

—¿No? He visto de primera mano lo fácil que es para una mujer abandonar a su familia, así que no creo en los vínculos maternales. Te marcharás con un buen incentivo en el bolsillo.

Esas brutales palabras la atravesaron confirmándole

la falta de confianza que Vicenzo tenía en ella y generaron varias preguntas: ¿De quién estaba hablando? ¿De su madre? Sin embargo, su corazón no quería saber nada... nada que la hiciera sentir algo por él.

–Piensa lo que quieras, Vicenzo. Ya lo verás cuando llegue el momento.

Finalmente le apartó la mano y fue hacia la puerta.

–Me voy a la cama. Sola.

–Ya sabes dónde estoy cuando te despiertes llena de deseo en mitad de la noche, Cara –esas palabras resonaron dentro de ella, pero a pesar de su crueldad y de lo que acababa de suceder, deseaba algo; no sólo sus besos, sino el derecho a saber qué era eso que lo hacía tan desconfiado.

Cara fue a su dormitorio, había perdido el apetito.

Vicenzo apoyó las manos sobre la encimera donde hacía un momento había curado el pie de Cara. Donde habían ardido por un beso. Se maldijo por dejar que Cara lo provocara y acabar diciendo lo que había dicho. Era gracioso que lo hubiera atacado con el comentario de despertarse con deseo por la noche, porque él ya estaba ansioso por sentirla bajo su cuerpo otra vez.

Capítulo 8

CARA había contemplado la sombra del pequeño avión danzando sobre el resplandeciente Mediterráneo antes de aterrizar en la isla de Sardinia, en el aeropuerto de Alghero.

Un todoterreno y un conductor los esperaban allí y el sol de la tarde caía sobre ellos.

Después de conducir durante cuarenta minutos, el conductor, Tommaso, giró en una carretera estrecha con altos árboles a cada lado que hacían que el camino se volviera sombreado y misterioso. Después, giraron a la derecha, hacia la costa, hasta que apareció un juego de enormes puertas de hierro y se abrieron suavemente como por arte de magia, casi ocultas por el denso follaje y la colorida buganvilla. Atravesaron una zona de ramas bajas para salir a un enorme patio con una fuente cuya agua caía en una alberca. Unas flores de loto flotaban sobre el agua.

Entonces apareció la casa, sorprendiendo a Cara con su discreta elegancia. El coche se detuvo y ella bajó antes de que Vicenzo pudiera abrirle la puerta; se había mostrado asustadiza ante él durante todo el día, sobresaltándose si se le acercaba demasiado.

La casa era una clásica villa mediterránea con tejados en color terracota combinada con otro seductor estilo. Tenía enormes ventanas que iban del techo al suelo, con cortinas blancas que se sacudían suavemente con la cálida brisa. Una delicada veranda rodeaba el exterior y Cara vio jardines a ambos lados que se extendían hasta donde imagina que estaba el mar. Podía oír olas rompiendo suavemente cerca y el sonido la llenó de emoción.

Era una de las cosas que había echado de menos al vivir en Londres. La casa de su familia en Dublín estaba en el sur de la ciudad, en la costa, pero Cormac no había perdido el tiempo para venderla cuando sus padres murieron. Cara había crecido con el sonido del mar y había pasado tanto tiempo desde que lo había oído de ese modo que una nostalgia agridulce se apoderó de ella.

Vicenzo vio cómo lo observaba todo, pero ella evadía su mirada y estaba comportándose como una testaruda. Estaba furioso porque había estado evitándolo todo el día, y no estaba acostumbrado a que las mujeres lo ignoraran. Su camiseta gris y sus pantalones cortos negros también lo enfurecían intensamente.

La vio agarrarse con fuerza a la puerta del todoterreno, vio cómo apretaba la mandíbula y supo que Cara estaba dándose cuenta de lo alejada que estaría de la civilización. Sintió una gran satisfacción... hasta que de pronto la atención de ambos fue dirigida a un enorme perro pastor blanco.

Cara, encantada, se arrodilló y llamó al perro, al que acarició efusivamente sin poder borrar la sonrisa de su cara.

—¿Pero quién eres tú, precioso?
—Se llama Doppo. Era el perro de Allegra y, por lo general, no le gustan los extraños.

Oírle mencionar a Allegra le provocó un fuerte dolor de corazón. Estaba claro que le había molestado que el perro la hubiera recibido bien... tal vez habría preferido que Doppo la hubiera arrancado los miembros uno a uno. En silencio, le dio las gracias al perro por haberla aceptado.

–*Ciao*, Doppo. Creo que tú y yo vamos a ser buenos amigos.

Vicenzo la observaba. Cara Brosnan estaba generando demasiadas contradicciones para su gusto y, cuanto antes supiera qué esperar de ella, mejor.

–Conocerás a mi padre durante la cena. Le he dicho que nos conocimos en Londres gracias a Allegra... lo cual, en cierto modo, es verdad. También le he dicho que nuestra relación fue muy precipitada y que no habíamos planeado que te quedaras embarazada tan pronto. No esperará que nos comportemos como unos recién casados enamoradísimos, pero aun así, tendremos que actuar un poco. No sabe la relación que tenía tu hermano con Allegra. No quiero que se disguste por nada. Ya ha pasado demasiado desde el funeral y el infarto.

–Eso es lo último que quiero.

Él le miró los brazos y deslizó un dedo sobre uno de ellos.

–Tu piel es tan pálida que parece que nunca te ha dado el sol.

¡Y así era! Aunque eso seguro que no encajaría con la imagen que él se había formado de ella como la hermana de un millonario corrupto y egoísta. Cara reunió fuerzas para apartarse. Él simplemente estaba jugando con ella.

–Ahórrate tu preocupación fingida. Seguro que te alegrarías si me achicharrara viva.

Vicenzo le lanzó una fría mirada antes de dar un paso atrás e indicarle que fuera entrando en la villa.

Lucia, la sonriente ama de llaves de Vicenzo y esposa de Tommaso, la llevó hasta un lujoso dormitorio. La barrera idiomática hizo que Cara se limitara simplemente a sonreírle para darle las gracias e indicarle mediante gestos que ella misma desharía su equipaje.

La casa por dentro era blanca y luminosa, llena de espacios abiertos y muy acogedora. Había visto un gran salón con una enorme televisión de plasma y estanterías cargadas de libros. También había visto un comedor con una gran mesa blanca y veinte sillas a juego y un jarrón con unas exóticas flores rojas en el centro.

Su nuevo dormitorio también era blanco y había sido un alivio ver que, aparentemente, no era el dormitorio de Vicenzo. Era demasiado femenino. Verse forzada a compartir una cama con él sería demasiado y sabía que no podría soportarlo. Las puertas del patio se abrían hacia un gran jardín interior con columnas de piedra sobre las que se sostenía una pasarela que conectaba la sección interior de esa parte de la villa. Había vasijas con flores por todas partes que creaban un ambiente lleno de encanto. La tranquilidad y la paz de ese lugar alivió un poco el alma de Cara.

Alguien llamó a la puerta y ella la abrió con cautela para encontrarse allí a Vicenzo, guapísimo con unos pantalones chinos y una camisa lisa blanca. ¡Maldito sea por hacerla sentir así cuando lo odiaba tanto!

—Vendré a buscarte a las ocho para cenar.

—Ya he visto dónde está el comedor. Puedo encontrarlo...

—Iremos juntos. Mi padre utiliza otra parte de la villa, pero no hay duda de que esperará que compartamos la cama de matrimonio —se acercó, y Cara retrocedió automáticamente y con el corazón acelerado.

Vicenzo sonrió–. Y como tendremos que dormir juntos, Cara, estoy seguro de que apreciarás que no quiera compartir una cama contigo más tiempo del necesario.

Cara sintió pánico; esa sensación ya estaba empezando a ser demasiado habitual.

–Si no te importa, estás bloqueando la puerta.

Con una última sonrisa burlona que ella deseó poder borrarle de la cara de un bofetón, Vicenzo dio un paso atrás y Cara tuvo que controlarse para no cerrar de un portazo.

A las ocho de esa noche los dos estaban en la puerta del comedor. A Cara se le encogió el estómago y unas gotas de sudor le cubrieron la frente. Llevaba un vestido negro de cuello alto y por las rodillas, lo más inofensivo que había encontrado para conocer al padre de Vicenzo. Era bien consciente del dolor por el que debía de haber pasado el hombre y se sentía culpable en nombre de su hermano, por la estela de destrucción que había dejado tras él.

Vicenzo la agarró del codo, la metió en el comedor y le presentó a su padre. Ella vio un viejo rostro marcado por las arrugas y oscurecido por el sol, un cabello plateado y unos ojos sorprendentemente brillantes. Cara tuvo la inmediata impresión de que era un hombre bueno y amable. Bueno, pero hundido. ¡Dios! No tenía duda de que Vicenzo iba a disfrutar cada minuto. No tenía duda de que eso era parte de su plan: haberla llevado allí para verse cara a cara con la devastación causada por los actos de su hermano.

A medida que se acercaba, también se dio cuenta de que el hombre estaba sentado en una silla de ruedas. Se detuvo ante él e hizo algo completamente instintivo. Se agachó para quedar a su misma altura y, embargada por la emoción, le dijo:

—*Signore* Valentini, lamento mucho su pérdida, y yo...

—Shh, pequeña. Fue un accidente terrible —le dijo con un marcado acento—. Perdimos a nuestra bella Allegra, que estaba tan llena de vida.

Cara le dio la mano y él le indicó que se levantara. Después, y sujetándole una mano a cada uno, los miró a los dos antes de decir:

—Los dos os habéis unido para hacer algo maravilloso: casaros y tener un hijo. Eso me llena de alegría —les apretó las manos con fuerza y se las soltó al decir con tono jovial—: Ahora, ¡vamos a comer!

Las palabras del señor Valentini no dejaron de darle vueltas por la cabeza durante la cena y la afectaron más de lo que había pensado. Se había esperado que el hombre fuera como su hijo, frío, cínico y desconfiado, pero no lo era, y tenía que admitir que ya había empezado a apreciarlo y que odiaría que le hicieran daño.

Cuando estaban terminando de tomarse el café, el señor Valentini dijo siguiendo algo que Cara había comentado:

—Ya basta de formalidades. Tienes que llamarme Silvio. Y también tienes que disculparme porque me temo que desde mi infarto me canso con demasiada facilidad.

Cara hizo intención de levantarse, pero él le indicó con la mano que no se moviera. Vicenzo se levantó para ayudar a su padre y una enfermera apareció en la puerta para llevarse a Silvio.

Cuando se fueron, Vicenzo volvió a sentarse en la silla y dijo:

—Le has causado muy buena impresión. Es increíble

verte en acción. Pero bueno, eso yo ya lo he vivido de primera mano, ¿no crees?

—A diferencia de ti, tu padre es un caballero. Es fácil apreciarlo.

—Ya has visto cómo es. A pesar de sus experiencias, es un viejo romántico y muy sentimental, pero siempre le he dejado claro que no espere eso de mí. Allegra iba a desempeñar ese papel en la familia, era ella la que iba a casarse y a tener hijos. Si tu hermano se hubiera salido con la suya, habría vuelto aquí con los sueños rotos y un divorcio amargo, y sin su herencia. Si intentas aprovecharte de su buen corazón, te hundiré.

—¿Más todavía? —gritó Cara.

—¿Con todo este lujo que te rodea? Tu embarazo es la única razón por la que estás aquí, disfrútalo.

—Ya te dije que yo no tuve nada que ver en la vida de Cormac —dijo con voz temblorosa.

—Tú misma dijiste que sabías qué planes tenía con respecto a Allegra. ¿De verdad esperas que crea que no te utilizó para que fueras su confidente? ¿Para calmar sus dudas y temores? ¿Para animarla a que confiara en él?

—Te juro que apenas conocí a tu hermana.

—Según mis informes, ella pasaba tiempo en el apartamento de Cormac. Iba a ese club prácticamente todas las noches, el mismo que tú dijiste que era como tu segunda casa. Así que, por favor, no digas que no la conocías bien. ¿Ni siquiera puedes admitirlo? —le preguntó furioso.

De pronto Cara empezó a encontrarse mal, tenía un sudor frío por todo el cuerpo. Se levantó y dejó la servilleta sobre la mesa.

—No sé cómo decirte cuánto siento lo de tu hermana. Y al contrario de lo que puedas pensar, tu maravilloso informe te mostró sólo los aspectos más superficiales de mi vida. La vida social de Cormac y Allegra no me incluía a mí. Mi realidad era muy diferente a la suya –estaba temblando por dentro–. Ahora, si me disculpas, me voy a la cama. Ha sido un día largo.

Se fue a su dormitorio y cerró la puerta con llave. Se duchó, se cambió y se metió en la cama y, justo antes de dormirse, se juró que haría todo lo que pudiera por mostrarle a Vicenzo lo muy equivocado que estaba con ella. Sabía que no sería capaz de aguantar todo su embarazo con su desconfianza y su repulsa.

Cara estaba teniendo una pesadilla. Cuando finalmente logró despertar de ella, se sentó en la cama con un terrible dolor en el abdomen y sudor por toda la espalda. Gritaba por la intensidad del dolor y no podía contenerlo.

–¿Cara? ¿Qué pasa? –preguntó Vicenzo desde el otro lado de la puerta.

Intentó hablar, pero otra ráfaga de dolor la recorrió.

–No puedo... no sé qué... oh...

Otra punzada de dolor la hizo caer sobre la cama y fue entonces cuando sintió la humedad entre las piernas. Levantó las colchas y miró. Incluso en la oscuridad pudo ver la oscura mancha de sangre.

¡El bebé!

–Cara, abre la puerta, maldita sea. ¿Por qué demonios te has cerrado con llave?

Cara intentó sacar las piernas de la cama, sabiendo que era importante que llegara a la puerta para abrirla. Pero cuando se disponía a levantarse, la habitación comenzó a darle vueltas y cayó en una oscuridad donde no había dolor y Vicenzo no le estaba gritando.

–Me temo que no servirá de consuelo, pero es bastante común, sobre todo en las primeras semanas de gestación, como era el caso de su esposa.

Oír al médico decir «su esposa», le caló hondo. Intentó calmarse después del miedo que había pasado cuando, al tirar la puerta abajo, la había visto tendida en el suelo. Ese momento casi había eclipsado lo que tuvo que soportar al identificar el cuerpo de Allegra.

–¿Está seguro de que está bien? Quiero decir, ¿no le pasa nada?

–Nada en absoluto. Físicamente está tan bien como usted o como yo, pero psicológicamente le llevará algo de tiempo recuperarse. Nunca es fácil superar un aborto.

Una oscura emoción atravesó a Vicenzo.

–¿Cómo...? ¿Por qué...?

El doctor sonrió amablemente.

–¿Por qué ha pasado esto? –se encogió de hombros–. Hay muchas razones y es mucho más común de lo que pueda pensar. Es un mito que tener relaciones sexuales pueda provocar un aborto, así que no se castiguen con eso –el doctor sonrió, haciendo que Vicenzo se sintiera como un verdadero fraude–. Sé que están recién casados... imagino que ha debido de estar bajo mucho estrés para que haya sucedido esto...

Cara abrió los ojos lentamente, pero la luz le hizo volver a cerrarlos bruscamente. Oyó un movimiento junto a la cama e intentó abrirlos de nuevo.

—¿Cara? ¿Cómo te sientes?

Esa voz. La voz de Vicenzo. Pero no era como estaba acostumbrada a oírla, sonó casi como si fuera agradable.

—¿Por qué de pronto estás tan simpático? —le preguntó con voz adormilada antes de ver sólo oscuridad.

Cuando volvió a despertar mucho rato después, lo hizo bastante más despejada. Recordaba que Vicenzo le había gritado que abriera la puerta... Abrió los ojos en un instante y al mismo tiempo posó las manos sobre su vientre.

—¿Qué ha pasado? —preguntó cuando él se acercó y apoyó las manos en la cama. Sentía una extraña sensación de vacío.

—¿No recuerdas lo de anoche? —le preguntó, sin mofa ni brusquedad.

Cara negó con la cabeza y se encogió de hombros.

—Recuerdo unos calambres... y después recuerdo haberme despertado y verte... —se detuvo al recordar la sangre. Volvió a centrar la mirada en Vicenzo—. El bebé... —susurró.

—Hemos perdido al bebé, Cara. Lo siento.

«Hemos». Su rostro estaba carente de toda expresión, aunque había dicho «hemos». Que hubiera empleado esa palabra indicaba claramente que había aceptado al bebé como si fuera suyo, pero aun así, Cara sentía una soledad y una tristeza tan profundas que pensaba que no podría resistirlo.

—Vete, Vicenzo. Vete —le dijo con voz temblorosa.

—Cara...

—Eres la última persona en el mundo que quiero ver o con la que quiero hablar ahora mismo, Vicenzo. Vete.

Él no se movió, pero Cara deseaba que se fuera con todo su ser. Necesitaba estar sola.

Como respondiendo a su súplica silenciosa, finalmente Vicenzo se marchó. Ella giró la cabeza hacia la otra pared y lloró desconsoladamente por el bebé. Pero sabía que también estaba llorando por otra cosa, mucho más oscura y perturbadora. Así era. Vicenzo Valentini no dudaría en echarla de su vida en ese mismo instante y lloró todavía más al reconocer que vivir con Cormac le había enseñado a no valorarse a sí misma porque... ¿cómo podía estar tan consternada por el hecho de que una conexión tan endeble finalmente se hubiera roto entre un hombre que la detestaba y ella?

Vicenzo caminaba de un lado a otro fuera de la habitación del hospital de Cara, como si eso pudiera mitigar los sentimientos que amenazaban con estallar en su interior. El modo en que ella lo había mirado lo había destrozado, desterrando cualquier posible duda que le hubiera podido quedar sobre su paternidad. Sabía que nunca había llegado a aceptar el hecho de que Cara hubiera llevado dentro a su bebé porque la posibilidad de que ese niño existiera había amenazado todas las defensas emocionales que había erigido para protegerse a lo largo de los años. Pero ya no podía negarlo más. Y ahora era demasiado tarde.

Sintió una inmensa emoción que lo sorprendió; era la misma sensación terrible y cargada de furia e impotencia que había tenido cuando había mirado el cuerpo sin vida de su hermana. Se trataba de verdadero dolor, de una profunda pena, y por un segundo lo invadió amenazando con arrasarlo todo a su paso. No había aceptado a su propio hijo.

Y lo más inquietante era que ahora sentía el fuerte y visceral impulso de enmendar lo que había pasado.

Eso lo impresionó más que nada porque por primera vez en su vida tenía que admitir que estaba deseando algo que siempre había estado negando.

Las palabras del doctor lo perseguían: «Ha debido de estar bajo mucho estrés para que haya sucedido esto».

Su mujer. Su bebé. Su culpa.

Capítulo 9

CARA estaba guardándolo todo menos el dolor que sentía por dentro. El médico había explicado que no podría haberse evitado de ningún modo y que no había razón por la que no pudiera llevar un embarazo perfectamente normal y sin problemas en cuanto su marido y ella quisieran intentarlo de nuevo.

Estaba moviéndose por su dormitorio recogiendo sus escasas posesiones. Después de unos días ingresada en el hospital, Vicenzo acababa de llevarla de vuelta a casa. Había intentado hablar con ella en varias ocasiones durante los últimos dos días, pero Cara lo había ignorado. No podía soportar que la tratara con lástima.

Le sorprendía el profundo dolor que sentía por la pérdida del bebé. En cuanto había descubierto que estaba embarazada, había sentido un amor por ese ser que había sido lo suficientemente fuerte como para animarla a enfrentarse a Vicenzo... algo que había resultado ser el mayor error que había cometido nunca.

Se sentó en la cama durante un momento.

Su embarazo la había obligado a buscar a Vicenzo, pero de pronto la posibilidad de no haber descubierto que estaba embarazada y de no haber tenido una razón de ir tras él, la llenó de un inexplicable dolor tan agudo que la desgarró por dentro.

Estaba llorando cuando Vicenzo entró en el dormitorio y verlo fue demasiado para ella. Se obligó a calmarse y se levantó.

Él tenía un gesto adusto, pero también... se le veía agotado, hundido. Sin embargo, ella todavía estaba demasiado impactada como para fijarse en eso. Lo único que sabía era que tenía que irse.

—¿Qué estás haciendo? —le preguntó él al ver la pequeña maleta sobre la cama.

Cara no pudo mirarlo.

—¿A ti qué te parece, Vicenzo? Me marcho. No hay razón para que esta farsa...

—*Cara...*

Ella se giró furiosa.

—No me llames así. Sé lo que significa esa palabra en italiano y yo no soy tu «cariño». Es irónico, pero de donde yo vengo, Cara significa «amigo», aunque está claro que tú tampoco eres amigo mío. Así que no te atrevas a pronunciar mi nombre... con ese tono de voz.

Él dio un paso adelante y, para su vergüenza, Cara sintió una emoción que había estado conteniendo cada vez que había sentido sus ojos puestos en ella, cada vez que él había intentado hablarle. Y tenía que seguir así, no podía dejar que la emoción se desbordara.

—Por favor, no —le dijo con una mano extendida hacia él y dando un paso atrás.

Vicenzo siguió acercándose más y más, con una intensa expresión en su rostro hasta que estuvo tan cerca que ella pudo olerlo, pudo sentir su calor envolviéndola y la quebradiza coraza que la había ayudado a seguir adelante desde que había salido del hospital se resquebrajó. La emoción brotó en forma de un entrecortado llanto y todo lo vio borroso a través de las lágrimas que le inundaban los ojos y le caían por las mejillas.

Pero antes de que se derrumbara, Vicenzo ya estaba allí, envolviéndola con sus brazos y abrazándola como si nunca fuera a dejarla marchar.

Cuando el llanto de Cara se había desvanecido hasta convertirse en hipo, se dio cuenta de que estaban sentados en el borde de la cama y de que él tenía la camisa empapada. Comenzó a apartarse y él la soltó. No podía mirarlo. Vicenzo le dio un pañuelo de papel y se sonó la nariz ruidosamente. Se secó los ojos.

–Lo siento...

–No.

La vehemencia del tono de Vicenzo le hizo mirarlo.

–No. No digas que lo sientes. Tú no tienes culpa de nada, Cara.

Se puso de pie y se alejó mientras su cuerpo desprendía una tensión que ella podía captar. Algo estaba cambiando, algo estaba cambiando a su alrededor. Cara podía sentirlo y eso la hacía sentirse mucho más nerviosa que nunca al lado de ese hombre. Él se giró bruscamente, pasándose una mano por el pelo con impaciencia.

–Soy yo el que tiene que disculparse. Es culpa mía; es culpa mía que acabaras en el hospital.

–No, Vicenzo. El médico ha dicho que lo me sucedió es muy común. No es culpa de nadie.

Vicenzo no podía entender por qué Cara no estaba despotricando contra él y por qué estaba desaprovechando la oportunidad de culparlo. Cuando había estado en sus brazos, sus desgarradores sollozos le habían hecho una brecha en su interior y sentir su suave cuerpo contra el suyo había despertado en él un instinto de protección hacia ella.

Cara lo había puesto en una situación que no le había permitido nunca a ninguna mujer y sabía que hasta el momento no había sido capaz de afrontar la realidad y que tal vez ella no habría aceptado el dinero a cambio de alejarse de su bebé... del bebé de los dos.

Necesitaba desesperadamente algo de equilibrio, algo familiar a lo que aferrarse. Aún no creía del todo que ella no hubiera sido cómplice de su hermano, pero eso era algo que estaba cambiando, que estaba empezando a ver con menos claridad.

Cara se levantó para recoger su bolso, pero Vicenzo la detuvo agarrándole la mano.

—¿Qué estás haciendo?

—Me marcho. Esto debe de ser lo que querías.

Vicenzo retrocedió y por un momento Cara podría haber jurado que lo que vio en sus ojos fue verdadero dolor.

—Yo no le habría deseado a nadie esto por lo que has pasado, Cara —su rostro reflejaba furia... y algo más. Algo que hizo que Cara se sonrojara. Ella sabía instintivamente que, independientemente de lo que hubiera pasado entre los dos, Vicenzo no era tan despiadado y que tal vez él ya estaba sufriendo su propio caos interno.

—Lo siento, no me refería a eso. Lo que quería decir es que ahora querrás que me vuelva a mi casa.

—¿No estás olvidándote de la deuda?

Cara palideció, y Vicenzo se maldijo a sí mismo; no sabía qué le pasaba con esa mujer que le hacía decir sin pensar lo primero que se le pasaba por la cabeza... Lo primero que se le pasó por la cabeza para intentar que se quedara allí, bajo su control.

—Mira, olvida lo que he dicho. No estás en condiciones de ir a ninguna parte, Cara. Estás débil y aún no te has recuperado emocionalmente. Mi padre está preocupado por ti.

Se sentía dolida por el hecho de que, a pesar de todo lo que había sucedido, Vicenzo siguiera teniendo en mente su venganza. ¿Por qué, si no, había mencionado la deuda que todavía le debía?

Se forzó a parecer más fuerte de lo que se sentía.

—Sí, pero no me importa irme. Tal vez sea lo mejor, antes de que tu padre llegue a esperar algo más de nosotros...

—No, Cara. No dejaré que te marches así. Necesitas descansar y recuperarte. Eso, por lo menos, debes admitirlo —la miró de arriba abajo antes de añadir—: No puedes mantenerte en pie y estás tan pálida como un fantasma.

En ese momento, como si su cuerpo estuviera aliado con Vicenzo, se mareó y se balanceó ligeramente.

—Ya está. No discutas, Cara. Voy a decirle a Lucia que te suba algo de comida —le dijo sentándola en la cama— y que te ayude a meterte en la cama. Tienes que dormir.

Cara intentó protestar, pero lo cierto era que no tenía fuerzas. Apenas se dio cuenta de que Vicenzo se había marchado ni de que Lucia volvió para llevarle un delicioso plato de pasta, un zumo y pan. La mujer, muy amablemente, la ayudó a ponerse una camiseta, se aseguró de que comiera y la metió en la cama.

Cara estaba dormida cuando Vicenzo volvió a entrar en la habitación un rato después.

Se sentó en una silla en una esquina para verla dormir. Cara Brosnan era un enigma. O era la cazafortunas y manipuladora hermana de un hombre tan corrupto como ella... o era algo para lo que él no tenía referencia. Recordaba que la noche que sufrió el aborto le había dicho que su vida no se había parecido en nada a la de su hermano y ahora tenía una cosa clara: no la dejaría marchar a ninguna parte tan pronto, no hasta que descubriera quién era en realidad.

Después del aborto, Cara estaba mucho más débil de lo que ella había pensado y concluyó que todo lo que le había sucedido, la muerte de su hermano, su embarazo y su infructuosa búsqueda de trabajo, le estaban pasando factura ahora. Al caer la tarde ya se encontraba exhausta y todos los días se iba a dormir a la misma hora que Silvio.

Casi tres semanas pasaron mientras se recuperaba. Vicenzo se mostraba cortés en todo momento, pero distante. En ningún momento volvió a mencionar la deuda ni le dijo que se marchara. Cara encontró un gran consuelo en la compañía de Silvio, con el que hablaba a diario, leía o jugaba al ajedrez.

Doppo, el perro de Allegra, también había demostrado ser aliado suyo al seguirla a todas partes con clara devoción. Vicenzo aparecía por la casa de vez en cuando, después de viajar a Roma o a cualquier otra parte, y siempre que lo veía, no podía evitar sentir una sacudida por dentro, que se hacía más y más difícil de ignorar a medida que se recuperaba.

Una noche después de que Silvio se hubiera ido a la cama, Cara salió a la terraza a tomarse una taza de té. Se tropezó al ver a Vicenzo sentado junto a la mesa de hierro forjado tomándose un café. Estaba mirando dentro de la taza, pero alzó la mirada al oírla.

El corazón de Cara comenzó a palpitar con fuerza.

–Lo siento... –se dio la vuelta para marcharse.

Él se levantó, y dijo:

–No, espera.

—Mira, en serio... —le dijo ella al girarse de nuevo hacia él. Se sentía algo incómoda.

—Cara, siéntate. No voy a morderte.

Él parecía cansado y, al acercarse, Cara pudo ver que tenía una pila de papeles sobre la mesa. Se sentó y, tras un momento, le preguntó tímidamente:

—¿Estás trabajando?

—Podría decirse —respondió él con una carcajada antes de mirarla fijamente—. Estoy arreglando lo que hizo tu hermano; estudiando la oferta de adquisición que nos hizo para que no vuelva a pasar.

—¿Aún sigues trabajando en ello? Si hay algo que pueda hacer... Conocía a Cormac, tal vez yo vea algo que a ti se te escape —y añadió a la defensiva—: Tengo estudios.

Vicenzo la miró; sus ojos se veían rojizos bajo la luz de la vela que titilaba sobre la mesa en el tranquilo aire de la noche.

—¿Por qué no? —dijo él tras pensárselo un instante—. Me vendría bien que alguien me ayudara con las cuentas. En unos días tengo que marcharme a Roma, pero me gustaría dejarlo todo solucionado primero.

Cara no dudó de que la estaba poniendo a prueba de algún modo y al instante se vio en el despacho de Vicenzo por primera vez. Era enorme, con ordenadores, faxes y fotocopiadoras por todas partes. Todo lo que se podría necesitar en una oficina moderna. La llevó hasta una mesa sobre la que había una hoja impresa con columnas y cifras e, inmediatamente, Cara se sintió como en casa. Sabía de números; se había refugiado en ellos durante los últimos años para escapar de Cormac.

—Lo que ves delante de ti es el desastre que aún intento solucionar. Una parte del ataque de tu hermano fue soltar numerosos virus en nuestro programa de contabilidad. He estado intentando solucionarlo primero aquí, para asegurarme de que no queda nada suelto.

Cara lo miró e intentó ocultar su impacto. Ver la realidad de lo que había hecho su taimado hermano resultaba desconcertante, por decir poco.

–Aunque ahora la empresa tiene más seguridad que nunca, no puedo evitar estar nervioso, y por eso estoy asegurándome de saber qué hizo tu hermano antes de que se enteren los demás.

Cara se sintió avergonzada.

–Tengo que admitir que el hecho de que tú, su hermana, esté ofreciéndose a solucionarlo es bastante irónico.

Cara alzó la barbilla, no permitiría que nada de lo que él dijera la afectara.

–¿Por qué no me dices qué quieres que haga?

Capítulo 10

VICENZO miró hacia donde Cara estaba sentada en el suelo, con las piernas cruzadas y rodeada de papeles. Habían trabajado juntos hasta muy tarde la noche anterior y, cuando había entrado en su despacho por la mañana, se había encontrado a Cara allí, trabajando en lo que había comenzado por la noche.

En las últimas semanas la culpabilidad y una emoción mucho más perturbadora habían estado combatiendo en su interior. Él había hecho todo lo que había podido por darle espacio, pero aún tenía preguntas pendientes... demasiadas preguntas. Lo único sobre lo que no tenía dudas era que no quería dejarla marchar ni tener que decirle adiós.

Ella estaba vestida de negro y tenía el pelo recogido y sujetado por un lápiz. Vicenzo podía ver la exquisita línea de su cuello y la seductora forma de sus firmes pechos. Sus piernas eran claras y largas. De vez en cuando, ella alargaba una mano para acariciar a Doppo, que estaba tendido a su lado y mirándola con adoración.

Y mientras la veía acariciar la cabeza del perro, Vicenzo supo que él también quería sentir su mano sobre él, acariciándolo. Por todas partes.

Cara oyó a Vicenzo moverse en la silla. Era difícil intentar concentrarse en las cuentas mientras lo oía moverse por detrás. Al ver que se acercaba, se levantó. Él se apoyó contra la mesa y se cruzó de brazos. Cara se preparó para lo que pudiera pasar.

–Si no fuiste a la universidad, ¿cómo obtuviste el título?

La inofensiva pregunta la sorprendió.

–Lo hice a través de la universidad a distancia... Cormac no me dejaba asistir a clases en la facultad.

–¿Y siempre hacías lo que tu hermano te decía? –le preguntó él con mofa–. No sé por qué, pero me cuesta creerlo... aunque lo veo lógico. No hay duda de que le eras más útil sin tener que ajustarte a los horarios de las clases que se interpusieran en vuestras ajetreadas vidas sociales.

Cara apretó los puños. Había hecho lo que su hermano le había dicho porque no había tenido elección... a menos que hubiera preferido vagabundear por las calles de Londres desde los dieciséis años. Admitir que había tenido la esperanza de que Cormac cambiara algún día y se convirtiera en el hermano protector y afectivo con el que siempre había soñado era algo que ahora la avergonzaba.

–Ya te he dicho que mi vida con mi hermano no era como piensas.

–¿Y eso por qué, Cara? ¿A cuántas ilusas herederas embaucasteis hasta hacerles creer que él las amaba para luego poder quedaros con su dinero?

Cara se sintió dolida. ¿Cómo podía haber olvidado que una vez que estuviera recuperada, Vicenzo volvería a atacarla? Se giró para marcharse.

–No tengo por qué escuchar esto...

Pero él reaccionó deprisa y la agarró de un brazo, haciéndola gemir... no de dolor, sino por el contacto de su piel. Cuando Vicenzo levantó la mano, ella agachó la cabeza.

–¿Creías que iba a pegarte? –le preguntó él horrorizado.

Cara tembló y lo miró y entonces supo que, de todas las cosas que temía de ese hombre, la violencia no era una de ellas. Sólo había levantado el brazo para sujetarla y calmarla.

–No –dijo con voz temblorosa–. No sé qué...

–Alguien te ha pegado. ¿Fue Mortimer?

Cara no podía comprender el salvaje brillo en los ojos de Vicenzo. Negó con la cabeza.

Él la agarró con más fuerza. No la dejaría marchar.

–¿Quién te pegó, Cara?

–¿Por qué? ¿Por qué te importa eso? –le preguntó con desesperación; quería evitar que él viera su parte más vulnerable y secreta. Nadie lo sabía, ni siquiera Rob ni Barney. Le avergonzaba, le avergonzaba su debilidad.

–Dímelo, Cara.

Y entonces hizo algo ante lo que ella no pudo luchar; comenzó a acariciarle los brazos. Cara bajó la cabeza y dijo:

–Cormac. A veces cuando bebía, me pegaba. La mayoría de las veces lograba evitar los golpes, pero... otras veces...

Vicenzo maldijo para sí y la soltó. Inmediatamente, ella puso espacio entre los dos.

–Como te he dicho, no todo era lo que parecía.

En ese momento, alguien llamó a la puerta y allí apareció Lucia.

–El *signore* Valentini está esperando a Cara en la terraza...

–Ajedrez... –ella miró a Vicenzo, pero él seguía con esa extraña expresión en la cara. No debería haberle contado nada–. Le prometí a tu padre que echaríamos una partida de ajedrez, pero puedo quedarme aquí...

—No –respondió él bruscamente–. Ve con mi padre. Yo puedo ocuparme de esto.

Vicenzo la vio salir del despacho y se pasó una mano por el pelo mientras recordaba su cara de terror al pensar que iba a pegarla. Estaba comenzando a sentirse vulnerable ante todas las contradicciones que estaba viendo en ella, y no le gustaba tener que admitir esa emoción porque ya lo había devastado en una ocasión y no permitiría que volviera a suceder.

Esa noche, después de que Silvio se hubiera retirado, y cuando Cara se disponía a irse a la cama, Vicenzo la hizo detenerse antes de llegar a la puerta del comedor. Ella se giró con reticencia y él se levantó de la mesa y se acercó con las manos metidas en los bolsillos.

—¿Sí?

—Mañana es tu cumpleaños.

Cara palideció; desde que sus padres habían muerto, nadie había recordado su cumpleaños. Al día siguiente cumpliría veintitrés años.

—Sí –respondió vacilante.

—Tengo una villa en la Costa Esmeralda, en Porto Cervo. Te llevaré allí mañana por la noche y saldremos a cenar...

Cara agarró con fuerza el pomo de la puerta. De pronto la idea de salir de la villa la asustaba en extremo.

—Pero ¿por qué querrías hacer algo así?

Él se encogió de hombros.

—Digamos que podríamos firmar una tregua, ¿no te parece?

Ella también se encogió de hombros; no supo de qué otro modo responder.

—Bien. Nos marcharemos sobre las cuatro de la tarde.

La vio salir de la sala y se preguntó si se había vuelto loco. ¿Qué estaba haciendo? ¿Por qué se sentía obligado a celebrar su cumpleaños? Se reconfortó diciéndose que ésa sería la última prueba a la que la sometería. La llevaría a un lugar donde descubriría cómo era esa mujer en realidad y así podría calmar las voces de duda que oía en su cabeza...

Al día siguiente, a las cuatro en punto, Cara esperaba impaciente en el vestíbulo con una bolsa en la mano.

Vicenzo salió de su despacho y miró la pequeña bolsa de viaje.

–¿Esto es todo?

Cara asintió. Él se encogió de hombros y juntos montaron en el todoterreno. Tras diez minutos de trayecto, llegaron a un campo donde los esperaba un helicóptero.

Cuando aterrizaron y la ayudó a salir, las piernas no le respondían, tanto por la emoción de haber hecho su primer viaje en helicóptero, como por haber estado sintiendo el impresionante cuerpo de Vicenzo a su lado en un espacio tan reducido. Y por si eso no había sido suficiente, él decidió sacarla en brazos. Cuando comenzó a protestar, Vicenzo la besó durante un largo momento llenándole el cuerpo de deseo.

–Somos una pareja de recién casados, ¿te acuerdas? –le dijo al apartarse–. Sonríe para las cámaras.

Cara miró a su alrededor y los numerosos flashes de las cámaras la cegaron. Había vuelto al mundo real. Vicenzo la metió en un todoterreno con los cristales tintados y se marcharon.

–Si tenías planeado esto para reafirmar ante todo el mundo tu nueva imagen como hombre de familia...

—Créeme, había olvidado que los paparazis siempre están por aquí esperando que llegue algún famoso.

Pero eso nunca le había sucedido cuando había ido allí con otras mujeres; siempre había estado atento y nunca lo habían fotografiado. Estaba claro que ver a Cara tan entusiasmada en el helicóptero lo había distraído.

La villa a la que la llevó era totalmente distinta de la villa familiar en la que había estado alojada. Era el sueño de todo arquitecto: ángulos y esquinas abstractos, cristal por todas partes y totalmente blanca por dentro. Tenía una piscina infinita con vistas al Mar Tirreno. Era perfectamente agradable y bonita, pero... fría. Sin vida. Un lugar donde llevar a una amante.

¿Sería ése el lugar donde se reunía con ellas?

Él debió de imaginar en qué estaba pensando porque dijo:

—Aquí es donde me divierto y celebro reuniones sociales o de negocios...

Cara se sonrojó. ¿Acaso estaba planeando divertirse allí con ella? Intentó ponerle algo de entusiasmo a su voz, sin saber por qué sentía la necesidad de mostrarse simpática.

—Está... muy... limpia.

Él se rió a carcajadas, con la cabeza hacia atrás, y ese sonido le resultó tan extraño y su sonrisa tan maravillosa que se lo quedó mirando embobada.

—Nunca había oído a nadie usar esa palabra para describirla.

—Disculpa mi dificultad para expresarme –dijo ella, algo irritada.

En ese momento él se acercó y le agarró la mano para llevársela a la boca y besarla.

–Nos iremos en una hora. Te enseñaré dónde puedes cambiarte.

Una hora después, Cara entró en el salón y Vicenzo levantó la vista de unos documentos que había estado ojeando. Él llevaba un traje negro y una camisa blanca desabrochada en el cuello. Ella llevaba un vestido de seda ajustado desde el cuello hasta los pies, sin mangas y con la espalda al aire. Se había dejado el pelo suelto en un intento de no sentirse tan desnuda.

Él se acercó y le dio una caja de terciopelo rojo.

–Por tu cumpleaños... y, además, hará juego con tu vestido –un vestido color azul real, que la hacía incluso más pálida, más vulnerable.

Cara lo miró a él, a la caja, y después volvió a mirarlo, vacilante, con desconfianza.

Ante esa actitud, Vicenzo, furioso, abrió la caja esperándose ver la misma reacción de siempre: unos ojos abiertos de par en par, sorpresa fingida, algo de pavoneo ante el espejo y agradecimientos excesivos y algo pegajosos.

Cara abrió los ojos de par en par, bien, pero ahí terminó toda similitud. Miró a Vicenzo. Miró los impresionantes pendientes de zafiro que descansaban sobre terciopelo blanco. Alargó la mano para tocarlos reverentemente. Se sonrojó. Volvió a mirar a Vicenzo y él tuvo que contenerse para no tirar la caja al suelo y tomarla en sus brazos. Estaba preciosa, sin apenas maquillaje y con una piel ligeramente dorada por el sol.

–Han debido de costarte una fortuna.

Así era, pero ninguna otra mujer había comentado nada nunca sobre el valor de las joyas.

–Son un regalo de cumpleaños... vamos, pruébatelos.

–Pero... ¿y si pierdo uno?

—Están asegurados —no era cierto, pero si eso la hacía sentirse mejor...

—¿Estás seguro? —preguntó ella algo desconfiada.

Pensó en lo que habían costado en comparación con su inmensa fortuna.

—Sí.

Sólo en ese momento, y con el máximo cuidado, Cara los sacó de su hogar de terciopelo y se los puso. Ni siquiera se miró en el espejo.

—Gracias —le dijo fríamente.

—De nada —Vicenzo cerró la caja y tuvo la sensación de que el resto de la noche tampoco iba a ser exactamente como él había planeado.

Y así fue.

La llevó a un restaurante nuevo con una lista de espera que se alargaba hasta el próximo año. Ella sonrió educadamente durante la velada, pero parecía incómoda y completamente ajena a las miradas de envidia que le dirigían las mujeres y a las de admiración de los hombres.

—¿Va todo bien? —le preguntó él en un momento de la cena.

—Oh, sí, es precioso... impresionante...

—¿Pero?

—Bueno, es un poco como la villa... limpio y elegante —sonrió, dejándolo sin aliento—. Siempre me ha gustado imaginarme en el Mediterráneo, sentada en una pequeña *trattoria* con vistas al mar...

En ese momento se sonrojó y Vicenzo tuvo que controlar su impulso de agarrarla y llevársela muy lejos de todo aquello. Lo cierto era que él tampoco estaba disfrutando demasiado en ese lugar, y haber visto antes la villa a través de los ojos de Cara lo había hecho sentirse algo incómodo.

Aun así, siguió insistiendo, quería forzarla a sacar su verdadera personalidad. Pidió champán y fresas. Le pidió que bailara con él, pero ella rechazó la invitación. Cuando alguien chocó con una de las camareras y las bebidas se le cayeron de la bandeja, Cara se levantó enseguida para ayudar a la chica.

Y eso fue todo lo que sucedió.

Una vez que ella había terminado con su actuación de la buena samaritana y Vicenzo le había dado a la camarera una importante propina, sacó a Cara de allí.

–¿Te apetece caminar? No está lejos y podemos ir paseando por la playa.

–Suena bien –dijo ella aliviada.

Ese momento en el que caminaron por la playa bajo la luz de la luna y con los zapatos en la mano fue, para Cara, el momento más relajado de toda la noche. Se sentía culpable por no haberse divertido, pero ni ese lugar ni el club social iban con ella. El corazón se le encogió porque sin duda esos lugares sí que iban con Vicenzo, al igual que la villa donde él se «entretenía» y recibía a sus visitas.

–Es precioso –dijo Cara mirando al cielo–. Es como si pudiera tocar las estrellas con sólo alargar la mano.

Vicenzo estaba muy callado a su lado y, cuando lo miró, lo vio de perfil, contemplando también las estrellas.

Al llegar a la villa, accediendo por la parte trasera, Vicenzo le dio la mano para recorrer el camino de piedras. Cara se levantó el vestido para caminar con mayor facilidad y, cuando él la rodeó por la cintura con un brazo para llevarla hacia sí, se creó un momento de tensión.

–Vicenzo...

Pero sus palabras se las trago un apasionado beso. A Cara se le cayeron los zapatos de su temblorosa mano e instintivamente lo rodeó por el cuello. Lo había estado deseando durante las últimas semanas. Estar lejos de él había sido algo necesario para su salud mental y para recuperarse, pero había estado anhelando sus brazos, los mismos que la habían rodeado cuando lloró por la pérdida del bebé. Y su boca, sus besos.

Se sentía como si Vicenzo le estuviera robando el alma con ese beso. Cuando se apartaron, él se la quedó mirando un instante antes de recoger los zapatos y entrar en la casa. A Cara no le importaba estar allí ni lo frío que pudiera resultarle ese lugar. Ella también se sentía fría por dentro, aunque sabía que sólo Vicenzo podía remediar eso.

Él se giró hacia ella y, justo cuando la habría vuelto a tomar en sus brazos, se detuvo. Vio el deseo que se reflejaba en sus ojos verdes, vio su boca ya inflamada por sus besos... y también vio las bolsas ligeramente moradas bajo sus ojos y la vulnerabilidad de su cuerpo. No podía seguir ignorándolo. Las cosas estaban cambiando: o Cara estaba jugando a ser una completa ingenua o esa chica era algo que él no creía que pudiera existir.

La besó en la frente y la llevó a su dormitorio.

—Duerme, Cara. Estás cansada...

Durante un momento ella no dijo nada y entró en su dormitorio, pero tras unos pasos se giró y, sonriendo ligeramente, le dijo:

—Gracias por esto —se refería a los pendientes— y por todo. Lo he pasado muy bien.

Y cuando volvió a girarse el mundo de Vicenzo se puso del revés.

La noche siguiente Cara estaba sentada en la terraza después de haber cenado con Silvio y terminando la partida de ajedrez que habían comenzado tiempo antes. Estaba enfadada consigo misma. Debería haber estado tranquila, relajada, pero desde que Vicenzo le había informado de que estaría en Roma durante varios días por temas de negocios, se había sentido muy inquieta.

Silvio la sorprendió diciéndole de pronto:

—Vicenzo no es un hombre de trato fácil. Soy bien consciente de eso.

—Silvio, por favor, no tiene por qué...

—¿Sabías que la madre de Allegra y Vicenzo se marchó cuando él tenía doce años y ella cuatro?

Cara negó con la cabeza. ¿Era ésa la razón por la que siempre se mostraba tan desconfiado?

Silvio suspiró con fuerza antes de mover ficha.

—Hacía tiempo que mi esposa y yo no éramos felices. Lo cierto era que el nuestro había sido un matrimonio concertado y que ella estaba enamorada de otro hombre, pero después de casarnos y de tener a los niños, creí que lo había olvidado.

Cara se quedó en silencio y vio en Silvio una expresión que le dio un aspecto más cansado, más mayor, más frágil.

—Comenzó a actuar de un modo extraño; salía a unas horas muy extrañas y se mostraba distante. Sospeché que se estaba viendo con alguien y se lo dije. Ella admitió que había estado viéndose con el hombre al que siempre había amado, que se había quedado viudo y al cuidado de un hijo. Emilia me dijo que él le había pedido que volviera a su lado y que lo ayudara a criar al niño.

Cara dejó escapar un grito ahogado, pero Silvio no pareció oírlo.

—Le supliqué que se quedara, pero fue en vano. No sé qué sabían los niños exactamente, pero algo sabían.

El día en que decidió marcharse estaban esperándola en el vestíbulo. Esa mañana se habían negado a ir al colegio. ¿Quién sabe? Tal vez nos oyeron discutir... Se quedaron allí, sin decir nada, los dos agarrados de la mano. Cuando Emilia salió con su maleta, Allegra echó a correr tras ella, gritando y llorando, suplicándole que se detuviera, aferrándose a su ropa. Emilia tuvo que apartarla a un lado y fue en ese momento cuando Vicenzo salió corriendo. La siguió mientras le preguntaba por qué, por qué, por qué, una y otra vez. Emilia iba a subirse al coche; su amante tenía el motor encendido y dentro también estaba el niño. Vicenzo sujetaba la puerta, no le dejaba que la cerrara. Al final, Emilia se bajó del coche y lo abofeteó... tan fuerte que yo lo pude oír desde dentro de la casa. Sólo entonces Vicenzo dejó de preguntarle por qué.

Se quedó fría por dentro. Ésa era la razón por la que había pensado que ella sería tan cruel como para abandonar a su hijo.

Miró a Silvio esperando que el horror que sentía no se reflejara en su rostro.

—No lo sabía.

—¿Y por qué ibas a saberlo? Sé que Vicenzo nunca ha hablado de lo que sucedió y yo sabía muy bien que no podía pedirle que se casara y tuviera hijos —la miró—. Y ahora... desde que Allegra... todo ha cambiado. Pero Cara, por favor, tienes que saber que estoy muy feliz de tenerte aquí.

Antes de que Cara pudiera articular una respuesta, él dijo:

—Ahora, si me disculpas, querida, ya es hora de que me vaya a la cama.

Cara se levantó y lo ayudó hasta que llegó la enfermera para llevarlo a su habitación en la silla de ruedas.

Volvió a sentarse en la terraza y se quedó contemplando la oscuridad durante un largo rato. Podía imaginarse el vínculo tan intenso que debió de crearse ese día entre Vicenzo y Allegra. Sentía una profunda tristeza por lo que habían tenido que pasar, pero eso no cambiaba el hecho de que ella siguiera sin comprender a Vicenzo ni su personalidad. Lo único que sabía con seguridad era que había tantas probabilidades de que él se casara por amor como de que ella se librara para siempre de las deudas de Cormac.

No era de extrañar que le hubiera resultado tan fácil casarse con ella. Para él, el matrimonio no significaba absolutamente nada. Sería cuestión de tiempo que disolviera el matrimonio, aunque por suerte para ella eso significaría que no tendría que volver a verlo. Sin embargo, al pensar en ello se le encogió el corazón.

Y entonces lo único que pudo ver era el rostro adusto de Vicenzo y su poderoso cuerpo. Y cuando intentó reunir el odio suficiente y el deseo de venganza, no pudo hacerlo. Lo único que sentía era un intenso deseo de que la tomara..., pero la noche antes, en aquella impersonal casa, ya le había dejado bien claro que ella no le atraía en absoluto.

Fue esa puñalada de decepción lo que la hizo meterse en la cama, donde estuvo dando vueltas de un lado para otro durante toda la noche mientras sus sueños se burlaban de ella.

Capítulo 11

VICENZO miraba a Cara, sentada al borde de la piscina con el Mediterráneo de fondo. El corazón se le detuvo al darse cuenta de que la había echado de menos y también al saber que ella no estaba comportándose como él se habría esperado, basándose en las mujeres que conocía: un cuerpo cubierto de aceite bronceador bajo el sol... revistas por todas partes... y Lucia corriendo de un lado a otro llevando y trayendo bebidas.

Finalmente tuvo que admitir que era completamente distinta a cualquier mujer que hubiera conocido.

Tenía sus esbeltas piernas dobladas contra el cuerpo y la barbilla apoyada sobre las rodillas. Los ojos de Vicenzo recorrieron hambrientos su piel desnuda, donde su cintura entraba y salía en una delicada curva. Su biquini sencillo y negro, perfecto, le encendió la sangre y la libido más que las diminutas tiras de tela que había visto en numerosas mujeres a lo largo de los años. Tenía el pelo recogido en una cola de caballo y parecía más joven todavía. Porque era joven. Demasiado joven para todo lo que había sufrido.

Doppo estaba tumbado a su lado y volvió a maravillarse ante la devoción que se tenían el uno al otro. Acababa de estar visitando la tumba de Allegra, situada en una colina detrás de la villa, y había visto que tenía flores frescas. Su padre no lo habría hecho, dada su incapacidad para moverse; podrían haber sido Tommaso o Lucia, pero...

Cara sintió que estaba allí antes incluso de que Doppo lo viera y comenzara a agitar el rabo. Se le puso la piel de gallina al verlo, apoyado contra un árbol, observándola. Estaba guapísimo vestido con unos vaqueros, una camiseta negra y el pelo mojado, como si estuviera recién duchado. Se sintió algo insegura por estar en biquini y se levantó para cubrirse con un pareo.

Estaba respirando deprisa por la excitación de volver a verlo cuando él se acercó.

–Te ha dado el sol.

–Lo sé...

–Te sienta bien –la miró de arriba abajo antes de mostrarle una carta que ella reconoció. Era la carta de condolencias que había enviado a las oficinas de Valentini en Londres hacía semanas–. Me la han entregado en Roma, la habían reenviado allí.

–La envié esa semana... después del accidente. No sabía qué hacer, cómo ponerme en contacto con vosotros.

Esa carta que, como pudo comprobar, se había enviado antes de que los dos se conocieran aquella noche, le había calado muy hondo.

–¿Por qué enviaste la carta, Cara? ¿Qué esperabas conseguir con ello?

Cara no pudo evitar hablar con amargura. Al verlo junto al árbol observándola, se había hecho la ilusión de que algo había cambiado pero, por supuesto, no había sido así.

–Nada. La envié para daros el pésame –se giró para que él no pudiera ver la emoción que estaba intentando contener.

—¿Por qué no me dijiste que trabajabas en el club, Cara?

—¿Cómo te has enterado?

—Cuando llegué a Roma un tal Rob había estado todo el día llamando para contactar contigo. Finalmente hablé con él y me dijo que te debían parte del sueldo y que querían saber adónde enviártelo.

—No te lo dije porque no me habrías creído.

—También dijiste que para ti era como un segundo hogar —le dijo casi en tono acusatorio.

—Y lo era. Rob y su novio, Simon, y Barney, el portero, eran... son... como mi familia. Yo solía llevar allí a Cormac todas las noches, me utilizaba como si fuera su taxista y me hacía esperarlo en la calle. Una noche que hacía un frío horrible, estaba intentando estudiar en el coche y Barney me dijo que podía meterme en su pequeña oficina. Me preparó un té, me dio galletas... y eso se convirtió en una rutina.

—¿Y cómo acabaste trabajando allí?

—Una noche la chica que trabajaba con él en la puerta se puso enferma y yo me ofrecí a ayudarlo. Después, cuando ella dejó el puesto, comencé a trabajar allí. Cormac me dio permiso porque quería caerle bien a Simon y porque como yo ya estaba ganando dinero, ya podía cobrarme por la habitación donde dormía en su apartamento.

—¿Te cobraba un alquiler? —¡qué equivocado había estado!

—Ya te dije que las cosas no eran lo que parecían.

Cara deseaba que se marchara, que volviera a Roma o a cualquier otro sitio y la dejara sola; no quería seguir dándole detalles de su vida, pero de pronto Vicenzo se había acercado más y le había alzado la barbilla para que lo mirara a los ojos.

—¿Y las flores en la tumba de Allegra?
—Me gusta subir allí, es un lugar muy tranquilo, pero si prefieres que no vaya...
—No. Gracias. Me ha gustado ver las flores allí.

Tenerlo tan cerca era demasiado; se sentía aturdida por poder oler su seductor aroma y dio un paso atrás.

—Cuando estábamos en la Costa Esmeralda mencionaste la clase de sitio donde te gustaría estar. Aquí hay un lugar parecido a ése, es el restaurante de un amigo. Cenaremos allí.
—Oh, no. No tenemos por qué ir...
—Sí, claro que sí. Es un sitio informal, así que no hace falta que te arregles...

Esa noche, mientras esperaba, Cara se dijo que no se trataba de una cita. Sabía que sólo seguía allí por el asunto de la deuda que quedaba pendiente, pero pensó que tal vez debería decirle a Vicenzo que la dejara marcharse para encontrar un trabajo y poder pagarle lo que le debía. Mientras pensaba en ello, él apareció en la puerta principal con dos cascos de moto en las manos.

La recorrió con la mirada deteniéndose en sus vaqueros desgastados y en su camisa negra sin mangas y con cuello alto. Llevaba el pelo suelto y unos mechones rojizos dorados le caían sobre un hombro. Vicenzo pensó que no había visto nunca una imagen tan sexy, a pesar de que, como siempre, habría preferido que llevara unos colores más vivos.

Pero ella no era una amante que se vestía a conciencia para seducirlo, aunque, sin darse cuenta, eso ya lo estaba haciendo. Era su esposa y entre ellos aún quedaban muchas revelaciones pendientes, además de un deseo más urgente y poderoso que nunca.

–¿Has montado en moto alguna vez? –le dijo al entregarle el casco más pequeño.

Ella negó con la cabeza.

–¿Cómo...? Quiero decir, ¿cómo me subo?

Vio a Vicenzo alzar una pierna y sentarse sobre el sillín; la tela de sus vaqueros se tensaba sobre los músculos de sus muslos, y esa imagen le resultó tan erótica que las piernas se le hicieron gelatina. Él le tendió una mano para ayudarla a subir y, una vez que ya estaba sentada y que los dos tenían los cascos puestos, le agarró las manos y las colocó alrededor de su cintura. Ella pudo notar los músculos de su abdomen moverse cuando Vicenzo arrancó la moto.

–Ahora, échate sobre mí y no te sueltes.

Y así se pusieron en marcha. En un principio, Cara sintió miedo de caerse, pero cuando cruzaron los portones de la villa, y se incorporaron a la carretera de la costa, comenzó a relajarse ante la espectacular y sobrecogedora vista del sol poniéndose sobre el mar. Se detuvieron a un lado de la carretera para no perderse detalle de la maravillosa escena y para Cara aquélla fue la experiencia más hermosa que había compartido con nadie.

Tras conducir un rato más a lo largo de la costa, se detuvieron junto a una playa. Vicenzo bajó de la moto y la ayudó a descender agarrándola por la cintura. Unas olas cristalinas rompían contra la orilla y Cara se descalzó para sentirlas en sus pies. Vicenzo se unió a ella y la tomó por sorpresa al agarrarle la mano.

–No pasa nada. No tienes por qué hacer esto –dijo Cara intentando soltarse.

–Cara, las cosas han cambiado. Lo sientes y yo lo siento, no podemos negarlo... –la llevó hacia sí y ella pudo sentirlo, excitado, contra su cuerpo. Un verdadero deseo la invadió–. Esto es lo único que importa ahora. Ni el pasado ni el futuro.

–Pero la otra noche... cuando no quisiste...

–¿En la villa?

Ella asintió levemente.

–No me parecía bien –y así era. A pesar de la fragilidad que vio en ella, le repugnó la idea de hacerle el amor allí y ahora se sorprendió a sí mismo al jurarse en silencio que vendería esa casa.

Dio un paso atrás y tiró de ella con delicadeza para que lo siguiera. Ella aceptó.

En un momento ya estaban llegando a un restaurante con una terraza junto a la playa donde Vicenzo fue recibido calurosamente por una señora mayor, que enseguida abrazó a Cara y la colmó de besos. Ella no pudo evitar reírse, se sentía muy bien allí.

Los llevaron a un piso superior donde había una única mesa con vistas al mar. Allí charlaron y Vicenzo le habló sobre cómo se había fundado el negocio familiar. Ella nunca lo había visto tan relajado, divertido y encantador.

Mientras tomaban el café, la estaba mirando con tanta intensidad que Cara tuvo que preguntarle:

–¿Qué? ¿Es que tengo algo en la cara?

Él negó con la cabeza y a continuación le dijo:

–¿Por qué te quedaste con tu hermano tanto tiempo? ¿Por qué te obligaste a pasar por aquello?

Capítulo 12

AL VERLA algo nerviosa y reacia a contestar, Vicenzo le agarró una mano para tranquilizarla y eso la animó a hablar:

–Cormac era siete años mayor y yo lo veía como a un héroe. Solía seguirlo a todas partes y no entendía por qué él no quería que yo estuviera a su lado. Era un chico brillante, obtuvo una beca para un colegio privado, pero cuando los otros chicos comenzaron a burlarse de él porque nuestro padre era cartero, comenzó a renegar de nuestra humilde familia. Pero mis padres eran maravillosos. Murieron con un año de diferencia y Cormac, que ya llevaba tiempo en Londres, apenas vino a visitar a mi madre mientras moría de cáncer...

Vicenzo se sentía furioso de ver que una chica tan joven había cargado a sus espaldas, ella sola, con la muerte de sus padres.

–¿Y qué pasó cuando ella murió?

–Me fui a vivir con Cormac, pero cuando llegué allí no me dejó terminar mis estudios. Me puso a trabajar en su apartamento. Yo estudié por mi cuenta para aprobar los exámenes y acceder a la enseñanza superior y después me matriculé en la universidad a distancia... –se detuvo un momento–. Estaba planeando marcharme, tenía mi título, tenía mi trabajo en el club... y ya sabía que no podía ayudar a Cormac. Lo único que estaba haciendo era ver cómo se autodestruía. Allegra tuvo suerte de tener un hermano como tú. Yo, en cambio, siempre tuve la esperanza de que él cambiara... Es patético, lo sé.

–No lo es.

En ese momento Cara se dio cuenta de que eran los últimos clientes que quedaban en el restaurante y, cuando salían de allí, Vicenzo se detuvo, le besó la mano y le dijo:

–Gracias por contarme lo de tu hermano, Cara.

Cuando llegaron a la villa, Cara era un manojo de nervios. Durante el trayecto, a Vicenzo se le había subido la camiseta y sus manos habían estado en contacto directo con su piel. La tentación de explorar esa zona de su cuerpo y la que se extendía justo debajo de su abdomen había sido una verdadera tortura. Después de quitarse los cascos, Vicenzo la bajó en brazos de la moto y le dijo:

–Ya sabes que esta noche sólo puede terminar en un lugar, ¿verdad?

Cara intentó respirar, intentó darle algo de racionalidad a la situación, pero lo único que veía en su mente era la imagen de Vicenzo. Sin embargo, le pidió que la bajara y se apartó de él evitando su mirada.

–Mira, no quiero...

–¿Qué no quieres, Cara? ¿Esto?

La llevó contra su cuerpo y ella se derritió; intentó resistirse, pero no pudo hacerlo.

–Te deseo, Cara –le rodeó la cara con ambas manos antes de besarla.

Ella cerró los ojos, ¡cómo lo deseaba! Y en esa ocasión, cuando él la levantó en brazos, simplemente asintió. Eso fue todo lo que Vicenzo necesitó.

La llevó a su dormitorio y en la oscuridad la dejó en el suelo y encendió una lamparita.

Ella comenzó a temblar y su respiración se entrecortó cuando él se situó detrás y, después de apartarle el pelo, la besó por el cuello. Cara podía sentir sus dedos desabrochándole los botones de la camisa y acariciando su piel desnuda.

La sangre de él ardía; estaba tan excitado que sentía verdadero dolor. La giró hacia sí y miró esos enormes estanques verdes de sus ojos. No ignoraría su boca porque besar a Cara era como saborear el más dulce néctar. Ella abrió la boca de un modo tan inocente que se olvidó de quitarle la camisa y se concentró en saborearla y explorarla. Fue entonces cuando notó que Cara estaba intentando quitarle la camiseta. Levantó los brazos para facilitarle el trabajo e inmediatamente ella sintió sus músculos moverse bajo esa satinada piel aceituna. Acarició unos duros pezones que se tersaron más todavía cuando se agachó para tocarlos con la lengua. Vicenzo enredó los dedos entre su cabello y, con delicadeza, le echó la cabeza atrás, ligeramente impactado de lo excitado que estaba.

Mientras le quitó la camisa, ella, con una respiración cada vez más acelerada, no dejó de mirarlo a los ojos. Después, él le desabrochó los pantalones y se los quitó.

El material de su sujetador era muy fino y Cara notó sus pezones rozarse dolorosamente contra la tela. Vicenzo le cubrió un pecho con la mano antes de acariciar su dura cúspide con el pulgar. Ante la poderosa sensación, Cara tuvo que agarrarse a sus brazos para no caer.

Enseguida Vicenzo la despojó del sujetador y con un rápido movimiento le bajó las braguitas. A Cara la invadió una ráfaga de calor al verlo desprenderse de toda su ropa con impaciencia hasta que los dos quedaron desnudos, el uno frente al otro.

Vicenzo se acercó y la besó con intensidad. No podía dejar de hacerlo y a ella no le importó. Que ese hombre la besara era como verse en medio de una vorágine de placer. Su erección ejercía presión contra su abdomen y ella se movía seductoramente contra él.

Él tuvo que controlarse para no estallar allí mismo. Cada experiencia con esa mujer resultaba más explosiva que la anterior. Finalmente dejó de besarla con un gemido.

–Cara...

–Enzo... –respondió ella sin pensar y mientras le acariciaba la boca.

Lo había llamado «Enzo», pero él no podía racionalizar nada en ese momento. Para lo único que tenía fuerza era para tender a Cara bajo su cuerpo y tomarla. La levantó en brazos y la llevó a la cama, donde la tumbó. Su cabello le enmarcaba el rostro en un derroche de color. Las zonas más pálidas de su piel a las que el sol no había tenido acceso, sus pechos y esa parte entre sus piernas, lo animaron a besarlas y explorarlas mientras ella se retorcía de placer aferrándose a él desesperadamente.

–Enzo... por favor...

Lo único que Cara sabía era que Vicenzo tenía que adentrarse en ella en ese momento porque de lo contrario se moriría. La había besado ahí abajo, su lengua la había acariciado íntimamente, y ella había estado a punto de caer por el precipicio.

Sintió el peso de su esbelto y fuerte cuerpo entre sus piernas y se arqueó hacia él que, lentamente la penetró, sin dejar de mirarla a los ojos con tanta intensidad que Cara sintió unas lágrimas acumulándose en ellos. La estaba matando con tanta sensualidad y con tanta ternura y no sabía si podría sobrevivir a ello.

Vicenzo miraba esos ojos increíblemente hermosos y ella alzó las caderas para dejarle deslizarse por completo en su interior. Y con un gemido entrecortado, él se perdió en el fragrante mundo de la mujer que tenía bajo su cuerpo, hasta que los dos cayeron en un placentero momento de inconsciencia y de dicha.

Cuando Vicenzo se despertó a la mañana siguiente, y aún con los ojos cerrados, recordó con todo detalle como Cara se había movido y lo había cautivado mientras la tomaba una y otra vez. Su cuerpo aún se excitaba ante la idea de poder alargar una mano y acariciar su sedosa piel. Y eso hizo..., pero no sintió nada. Abrió los ojos y se incorporó. La cama estaba vacía y fría. Hacía tiempo que ella se había ido. Furia y algo más lo invadieron cuando se vistió antes de salir al pasillo para entrar en su dormitorio. La cama estaba deshecha. ¿Había dormido allí? Pero entonces, ¿dónde demonios estaba ahora? El sol apenas había salido.

Con una ira irracional y cada vez mayor, recorrió la casa de arriba abajo hasta que se vio frente a la puerta de su despacho.

Con un nudo en el pecho, empujó la puerta y entró. Allí estaba Cara, de espaldas a él, sentada en el suelo con unos vaqueros y una camiseta, el pelo recogido, y con Doppo a su lado, como siempre, y con montones de papeles a su alrededor.

Ella alzó la vista al sentirlo a su lado y un fuego la invadió al ver ese imponente cuerpo.

Cuando Vicenzo se había quedado dormido abrazándola, ella se había visto tentada a dormirse también, pero le había dado miedo despertarse después y encontrarlo sentado en un silla frente a la cama y mirándola, como había hecho aquella horrible mañana en Londres. Eso no podría volver a soportarlo, nunca, y por esa razón se había ido de su cama esa noche y también la noche de su boda, en Roma.

—¿Qué está pasando, Cara?
—Estoy trabajando con esto.

Él se agachó y alargó una mano para levantarla del suelo, que Cara tomó intentando ignorar el placer que la recorrió al hacerlo.

—Cara, no espero que sigas trabajando con esto. Ya está controlado —apretó los labios antes de añadir—: Aquella noche te dejé que me ayudaras para ponerte a prueba... para ver cuánto sabías de los asuntos de Cormac...

Eso no le resultó nuevo a Cara.

—Pero aún me siento responsable por lo que hizo mi hermano...

—No seas estúpida, Cara. Esto lo hizo tu hermano, no tú —dijo él sorprendiéndose a sí mismo, ya que días atrás nunca la habría defendido.

—Sí, pero me avergüenza lo que hizo y, mientras esté aquí, no permitiré que tú te ocupes de esto. Y además, aún está pendiente el asunto de la deuda que tengo que pagar. Tal vez podríamos llegar a un acuerdo por el que me dejaras buscar trabajo para que pueda devolverte lo que te debo. Si pudieras darme una carta de referencia por el trabajo que he hecho aquí, me ayudaría a encontrar un empleo.

Vicenzo se pasó una mano por el pelo. ¿Por qué estaba actuando así? Horas antes había visto otra mujer, la mujer que había conocido en Londres. La mujer de la que quería ver más. Dulce, inocente, sexy... Pero ahora era como si lo de la noche anterior no hubiera pasado. No sabía si zarandearla para hacerla reaccionar o besarla.

Vicenzo ya no pensaba de ningún modo que Cara tuviera que pagar esa deuda, pero algo le hizo decir:

–Tardarías años en pagar la deuda.

Vio cómo Cara palideció en un instante.

–Lo sé –dijo en voz baja y evitando mirarlo–. Eso es lo único que hay entre nosotros y lo que me separa de mi libertad –entonces lo miró–. Pero mientras me sigas reteniendo aquí, quiero trabajar para enmendar lo que hizo Cormac. Es lo mínimo que puedo hacer.

Impulsado por la ira al oír que, básicamente, ella no era más que su prisionera, se acercó para decirle:

–La deuda no es lo único que hay entre nosotros, Cara.

–No volveré a acostarme contigo, Vicenzo.

–¿Ah, no? –y sin pensarlo, la tomó en sus brazos y la besó. Cuando ella no le ofreció su boca, comenzó a besarla tiernamente por la cara, por las sienes y la frente... hasta que Cara finalmente separó los labios...

Mientras la besaba, Cara sabía que había sucedido lo peor que podía haber pasado porque ahora él sabría lo mucho que lo deseaba y eso le daría un poder sobre ella más potente que la deuda o que el hecho de que aún fuera su prisionera. Aunque lo cierto era que siempre había sido una prisionera..., con la diferencia de que su prisión no tenía ni muros ni un candado.

Dos semanas después, Cara respiró tranquila por primera vez desde que Vicenzo y ella habían empezado a dormir juntos, y la única razón era que él había viajado a Roma para una reunión urgente. Ella intentaba por todos los medios resistirse, pero cada vez que la tocaba... no podía evitarlo. Durante el día mantenían las distancias, pero por la noche ambos se volvían insaciables de deseo.

En cuanto él se quedaba dormido, ella se levantaba para volver a su dormitorio. Sabía que eso lo enfurecía y la noche anterior, cuando se había pensado que estaba dormido y había intentado levantarse, Vicenzo la había sujetado por el brazo y le había dicho: «Esta noche no te escapas».

Cara se había quedado allí tumbada un largo rato, pero nada más ver el sol salir, había salido del dormitorio sin despertarlo. Había vencido esa vez, pero la mirada de Vicenzo antes de irse a Roma le había dejado bien claro que no volvería a escapar... y ésa era la razón por la que tenía que convencerlo para que la dejara marcharse de allí porque, a cada día que pasaba, se estaba enamorando más y más de aquel lugar... de Silvio... de Doppo... y de Vicenzo.

Silvio había estado dándole clases de italiano y Lucia le había enseñado a cocinar unos platos típicos. Su corazón estaba haciéndose ilusiones con poder entrar a formar parte de una familia, pero era demasiado peligroso seguir dándole pie a esa ilusión. Tenía que seguir adelante y recuperar su vida y, aunque gracias a la deuda de Cormac nunca tendría una libertad plena, tal vez cuando ese matrimonio ridículo llegara a su fin y ella pudiera volver a casa y encontrar un trabajo, sentiría algo de paz. Ahora lo único que tenía que hacer era convencer a Vicenzo para que la dejara marchar.

Capítulo 13

EL AGOTAMIENTO que Vicenzo había estado sintiendo en el avión de vuelta a Sardinia se había desvanecido como por arte de magia nada más cruzar las puertas de la villa. Ya estaba deseando ver a Cara; tal vez estaba junto a la piscina... o jugando en el mar con Doppo... o echándose una siesta, lo que resultaba más tentador todavía...

Pero cuando entró en la casa algo le dijo que ella no estaba allí. Un sexto sentido.

Justo en ese momento la enfermera de su padre salió al vestíbulo.

–Ah, *signore* Valentini. Si está buscando a su esposa, ha salido... –soltó una pequeña carcajada–. Ha sido bastante teatral, la verdad.

–¿A qué te refieres?

Al ver la expresión de Vicenzo, la mujer se apresuró a decir:

–Oh, no, no se preocupe, no ha sucedido nada. Es el perro... Estábamos en el jardín y de pronto... se ha desmayado. Lucia y Tommaso habían salido a comprar y yo no podía dejar solo a su padre, así que Cara lo ha llevado al veterinario.

Se sintió aliviado de que a ella no le hubiera pasado nada, pero entonces... le entró el pánico.

–¿Has dicho que lo ha llevado al veterinario?

—Sí, pero de eso ya hace unas tres horas, así que a menos que aún siga allí...
—¿Cómo ha ido?
—Le he dicho que podía llevarse mi coche. No tengo prisa, mi turno no termina hasta las...

Vicenzo no esperó a que la mujer terminara. Salió corriendo de la casa y se subió a su moto de un salto. Lo único que podía ver era el terror en el rostro de Cara aquel día en Dublín cuando pensó que iban a chocar contra un coche.

Al llegar a la clínica descubrió que Cara ya se había marchado. La veterinaria le estaba explicando que Doppo se había deshidratado y que se quedaría allí dos días ingresado, pero la interrumpió para preguntarle:
—¿Cuándo se ha marchado mi mujer?
—No hace mucho... estaba algo pálida. Le he preguntado si quería que llamara a alguien, pero me ha dicho que estaría bien...

De nuevo en la moto, Vicenzo se forzó a calmarse y a centrarse para poder encontrarla, pero justo en ese momento vio un pequeño coche aparcado al otro lado de la carretera y a Cara sentada sobre la hierba junto a la puerta abierta; estaba claro que había estado vomitando.

Bajó de la moto y fue directamente a ella para tomarla en sus brazos. Estaba temblando y tan pálida que se asustó al verla así. En un momento de claridad, había sacado una botella de agua de una máquina en la clínica y la hizo beber.
—Vicenzo...
—Shh. No hables. Ahora voy a llevarte a casa. Ya estás a salvo —le dijo mientras la tomaba en brazos.
—El coche. Es el coche de la enfermera. No lo he

golpeado, ¿verdad? –el miedo de su voz hizo que se le encogiera el corazón.

–No, cielo, el coche está bien. Y Doppo está bien.

Se subió a la moto y la sentó en su regazo. Le dijo que se agarrara y ella lo hizo, sin protestar.

Ya de vuelta en la villa, Cara se sentía más fuerte... y también como una verdadera estúpida. En el camino de vuelta, al verse sola, sin Doppo, se había derrumbado y había rememorado el fatal accidente con todo lujo de detalles.

Bajó de la moto sin ayuda y dijo temblorosa:

–Creí que podría hacerlo. Qué estupidez. Ni siquiera era yo la que conducía esa noche, pero no he podido...

–Lo entiendo, pero ¿en qué estabas pensando? ¿Por qué no me has llamado o has esperado a que Tommaso y Lucia volvieran?

Cara miró a Vicenzo y pudo ver que había palidecido.

–¿Estás enfadado porque he salido de la villa?

–Claro que no. Estoy enfadado porque casi arriesgas tu vida por un perro.

–Pero se había desmayado, Vicenzo, no sabía si respiraba... Y después de todo lo que ha pasado no podía dejar que Doppo muriera sólo porque a mí me daba demasiado miedo conducir.

Vicenzo farfulló algo ininteligible y la metió en casa para llevarla al salón, donde la sentó antes de servirle una copa de whisky.

–No, gracias –dijo ella arrugando la nariz.

–Bien –Vicenzo se la bebió de un trago antes de sentarse a su lado–. Creo que es hora de que me cuentes cómo acabaste en el coche con ellos esa noche.

–No quiero hablar de ello –dijo Cara al levantarse–. Eso no te devolverá a tu hermana.

–No, pero creo que has estado castigándote demasiado por algo que no fue culpa tuya.

–Pues hasta hace poco tiempo te hacía muy feliz culparme por ello...

Vicenzo se levantó, sonrojado.

–Sí, es verdad, pero me equivocaba y lo hacía porque estaba hundido y porque pensaba que eras como tu hermano –se acercó a ella, le tomó las manos y la sentó en el sofá–. Cara, si no le cuentas a alguien lo que pasó esa noche, entonces nunca podrás liberarte.

–¿Pero es que no lo ves? Nunca me libraré de ello... si no hubiera estado allí, si no hubiera pensado que tenía que vigilarlos...

–Cuéntamelo, Cara. Merezco saber lo que le pasó a mi hermana.

¿Cómo podía negarle eso? Lo miró a través de un velo de lágrimas y comenzó a explicárselo todo: esa noche Allegra y Cormac habían estado en el apartamento y ella había cocinado para los dos. Después había oído a Cormac hablar por teléfono y quedando en ir al club. Cara tenía la noche libre y por una vez Cormac no la había obligado a llevarlos porque tenía un coche nuevo con el que quería impresionar a Allegra.

Ese mismo día había descubierto que tenía planeado llevarse a Allegra a Las Vegas en cuestión de semanas para proponerle matrimonio. Todo formaba parte de su plan para hacerlo sin que la familia de ella interfiriera y no tuviera que firmar ningún acuerdo prematrimonial.

En ese punto miró a Vicenzo.

–Apreciaba a Allegra. Era muy dulce conmigo. No se merecía haber conocido a mi hermano... Cormac sabía que nos caíamos bien y por eso se aseguraba de que no la viera mucho –sonrió con tristeza–. Yo quería ayudarla, pero no sabía qué hacer... si hablar con ella o avisar a su familia... Allegra os había mencionado en alguna ocasión, pero yo descubrí lo del plan de Cormac ese mismo día... y pensé que había tiempo. Aquella noche no podía dejar que la llevara a la ciudad estando tan borracho... y ella no estaba mejor. Lo convencí para que me dejara conducir, pensé que les estaría haciendo un favor, que estaría protegiendo a tu hermana. Me sentía tan mal por lo que tenía planeado que quería encontrar un modo de detenerlo...

Él le agarró la mano con fuerza.

–Cara, dime qué pasó.

–En el último minuto Cormac insistió en conducir y me subí al coche pensando que al menos así podría asegurarme de que condujera con precaución. Ninguno de los dos quiso ponerse el cinturón y después... comenzó a caer una lluvia torrencial. De pronto vi luces viniendo hacia nosotros, Cormac había tomado una vía de acceso equivocada y estaba conduciendo en sentido contrario. Eso es todo lo que recuerdo, hasta que alguien estaba ayudándome a salir del coche.

En ese momento Vicenzo se levantó y la levantó a ella del sofá. Cara se tambaleó ligeramente, porque aún se sentía algo aturdida.

–Estás agotada.

Asintió y no dijo ni una palabra cuando él la agarró de la mano y la llevó a la cocina. En silencio, le preparó una tortilla e insistió en que comiera. Después,

Cara dejó que la llevara al dormitorio y, con un casto beso en la frente, se despidió de ella en la puerta.

–Que descanses, Cara. Hablaremos mañana.

Al día siguiente, Cara se despertó algo desorientada porque había dormido casi catorce horas. Salió de la cama y se dio una ducha, tras la cual se puso un vestido de tirantes negro. Mientras se vestía una parte de ella se rebeló contra ese color y pensó que había llegado el momento de seguir adelante y empezar a liberarse de su pena, aunque el hecho de que Vicenzo hubiera precipitado ese cambio la puso muy nerviosa.

Entró en el comedor, pero allí no encontró ni a Vicenzo ni a Silvio. Imaginó que Silvio podía seguir durmiendo y fue al despacho.

–Buenos días. Os estaba buscando.

–Ahora mismo iba a ir a buscarte –le respondió Vicenzo cuando se toparon en la puerta del despacho. Estaba vestido con un traje de chaqueta–. Tenemos que hablar.

Cuando entraron en el despacho, él estaba tan serio que Cara se asustó. Le indicó que se sentara y, al hacerlo, ella se sintió algo estúpida, como si estuviera en una entrevista de trabajo. Miró a su alrededor y vio que los papeles con los que había estado trabajando no estaban allí.

–¿Qué has hecho con los papeles? Yo los habría colocado.

–Los he destruido.

–Pero aún no te había dado el informe.

–Sé lo que hizo Cormac y ya no supone una amenaza.

–Pero... entonces... eso podrías haberlo hecho hace semanas.

–Sí..., pero mientras yo aún te veía como una amenaza, tenía que asegurarme de que sabía lo que había hecho tu hermano.

–¿Y cómo sabes que ya no soy una amenaza?

–Aún lo eres, Cara. Ése es el problema, aunque no me refiero a esa clase de amenaza –la miró fijamente antes de levantarse e ir hacia la ventana–. Me llamas Enzo cuando hacemos el amor.

Cara se sonrojó e inmediatamente olvidó cuál era esa amenaza de la que estaba hablando. De pronto sintió la necesidad de protegerse, de defenderse.

–Lo siento... no significa...

Él sacudió la cabeza y sonrió.

–No, no te disculpes. Me gusta. Hace mucho tiempo que nadie me llama Enzo.

–Pero esa noche en Londres...

La sonrisa desapareció.

–Me presenté como Enzo, sí, porque cuando te conocí no tenía intención de llevarte a la cama. Mi único deseo esa noche era encontrarte y hacerte saber lo que creía que habías hecho. Pero lo cierto era que yo mismo me sentía culpable por no haberla protegido. Habíamos discutido unas semanas antes de que muriera y me dijo que no me metiera en su vida, que la dejara en paz...

–No es culpa tuya que conociera a Cormac.

–Lo sé, pero aun así... Cuando entré en el club y te vi allí sentada con ese vestido, y te giraste y me miraste... he estado perdido desde ese momento, Cara, y todo por lo que me hiciste al mirarme. Antes de conocerte habría tenido náuseas de pensar en sentirme atraído por la hermana de Cormac, pero después, en cuanto nos vimos, ocurrió todo lo contrario y me vi actuando por puro instinto y diciéndote que me llamaba Enzo... Fue como si tuviera que ser otra persona para justificar la atracción que sentía por ti. En mi mente me convencí de que estaba ocultando mi identidad para ver lo mercenaria y manipuladora que eras. Y cuando te pedí que vinieras a mi hotel y te negaste... En ese momento lo único que podía pensar era en lo furioso que estaba por el hecho de que me hubieras rechazado mientras que yo te deseaba tanto. Vi mi orgullo herido y casi olvidé para qué había ido a buscarte —dijo con una risa amarga.

—Pero después volví... —añadió Cara.

Él se acercó y la miró.

—Pero después volviste —sorprendiéndola, se arrodilló ante ella y le preguntó—: ¿Por qué volviste, Cara?

—Me sentí atraída. Jamás había conocido a alguien que me hiciera sentir así... y esa semana... había sido terrible. Saliste de la nada y de pronto fue como si en el mundo no existiera nada más que tú. Sólo... sólo quería perderme en esa sensación. Quería huir del dolor, de la pena.

Vicenzo volvió a asomarse a la ventana, con las manos metidas en los bolsillos. Finalmente, volvió a girarse hacia ella.

—Te debo una disculpa, Cara. Más que una disculpa. Por todo y, sobre todo, por esa noche, por la mañana siguiente. Estaba enfadado conmigo mismo por haber perdido el control y lo pagué contigo. Cuando apareciste en Dublín y me contaste lo del embarazo, te insulté porque pensaba que eras como las otras mujeres a las que había conocido en mi vida.

—Tu padre me contó lo de tu madre —le dijo ella en voz baja.

—Sí. Mi madre dejó una familia rota. Mi padre nunca

se recuperó, y él y yo nos volcamos en Allegra, la sobreprotegimos... como si con eso pudiéramos suplir el abandono de su madre.

–¿Era ésa la razón por la que pensabas que abandonaría a mi bebé a cambio de dinero?

Él se estremeció y asintió lentamente.

–Yo nunca habría hecho eso, Vicenzo. Nada en este mundo me habría convencido para alejarme de mi bebé, de mi hijo. Nada. Me habría quedado. Por eso me resultó tan sencillo firmar el acuerdo prematrimonial. No me importa el dinero –«y me importas tú», tuvo que admitirse a sí misma.

Deseaba que él la creyera y su corazón se aceleró al ver cierta expresión en los ojos de Vicenzo.

–Lo sé –dijo él–. Te creo. Y no sabes cuánto me ha costado volver a confiar. Mi madre nos partió el corazón y desde ese día me he negado la necesidad instintiva de formar mi propia familia.

–Pero ¿por qué insististe en casarte conmigo?

–Me dije que lo hacía porque estabas embarazada de mi hijo, me dije que era para detener un escándalo mediático, me dije que era para controlarte y castigarte haciéndote ver que no podrías sacar ningún beneficio de tu marido millonario..., pero la realidad es que mis razones para casarme contigo eran mucho más ambiguas –tomó aire antes de continuar–. Porque desde el momento en que nos conocimos, comencé a cambiar. Tú me has cambiado.

Cara tardó en asimilar esas palabras. Vicenzo se sentó frente a ella, que estaba temblando, y le tomó las manos.

–Ayer, cuando llegué a casa y te habías ido... cuando me enteré de que habías conducido y te encontré en la carretera creo que envejecí décadas en cuestión de medía hora. Te imaginaba tirada en el fondo de un barranco.

–Pero estoy bien.

–Lo sé, pero eso me hizo ver algo. Desde el principio te juzgué como una mujer mala y manipuladora, como una cazafortunas, pero todas esas ideas comenzaron a caer mucho antes de que estuviera preparado para admitirlo. Fue cuando te vi firmar el acuerdo prematrimonial sin inmutarte, cuando vi la conexión que tenéis mi padre y tú, tu determinación a vestir de negro. Y la noche de tu cumpleaños, que fue un desastre.

Cuando ella intentó protestar ante ese último comentario, él añadió:

–Lo fue. Y luego vino... el aborto... Perdimos al bebé por mi empecinamiento.

–Vicenzo, no puedes decir eso. No pienses eso. No fue culpa tuya.

–Tengo que dejarte marchar, Cara. Nunca debería haberte traído aquí. Siento mucho haberle traído más dolor y sufrimiento a tu vida. El bebé...

Cara no podía respirar. Se levantó. Sabía que debería estar contenta con esas palabras, pero se sentía como si se estuviera muriendo.

–Pero la deuda. Aún te debo la deuda –dijo en un intento patético de buscar una excusa para quedarse.

Vicenzo también se levantó.

–Ya está saldada.

–No.

–Ya está, Cara. Tú fuiste tan víctima de tu hermano como Allegra. Hago esto por ti, y en su memoria. Ella no te desearía algo así y yo tampoco.

–Pero... –le costaba asimilar que él quisiera que se fuera y que ella no estuviera feliz ante la idea de quedar libre.

—Ya eres libre, Cara. Puedes irte a casa. Ya he buscado un piso en Dublín. Te lo compraré para ayudarte a empezar de nuevo y también puedo encontrarte un trabajo.
—No. No tienes por qué hacer eso –le dijo llorando.
—Claro que puedo.
Se quedaron en silencio un instante antes de que Vicenzo añadiera, mirándola a los ojos:
—Es lo mínimo que puedo hacer por la mujer que amo y a la que tanto daño he hecho.

Capítulo 14

A CARA se le detuvo el corazón. Y el tiempo se paró.
—¿Qué has dicho?

Vicenzo estaba quieto como una estatua.

—He dicho que es lo mínimo que puedo hacer por la mujer que amo.

—No... —dijo sacudiendo la cabeza, y sintiéndose como si el mundo estuviera derrumbándose a su alrededor.

—Sí. Me he enamorado de ti. Y desde el momento en que me alejé de ti aquella mañana en Londres, no he podido sacarte de mi cabeza. Habría buscado cualquier excusa para volver a tu lado. No tengo derecho a mantenerte aquí cuando lo que siempre has deseado ha sido tu libertad. No seré un tirano como tu hermano. Tienes el poder de vengarte de mí, Cara... si te vas. Me parecía justo decírtelo para que pudieras recibir alguna satisfacción. Pero si tu corazón te animara a quedarte y a darle a este matrimonio una oportunidad... me harías el hombre más feliz del mundo.

Cara no tenía ninguna duda de que él se sentía culpable por lo del bebé, de que estaba culpándose por haber desconfiado de ella, pero ¿cómo podría sobrevivir si ahora se dejaba caer en sus brazos para ver cómo, en cuestión de meses o semanas, se cansaba de ella? Había sido un playboy hasta que la había conocido.

Sacudió la cabeza y, al hacerlo, vio el rostro de Vicenzo ensombrecerse, pero se dijo que estaba tomando la decisión correcta..., aunque no se lo pareciera.

–Tienes razón. Lo que siempre he querido ha sido ser libre y, si estás dispuesto a dejarme marchar... me gustaría hacerlo –su corazón se contrajo de dolor, pero se recordó que estaba protegiéndose a sí misma. No sería capaz de soportar más dolor ni más sufrimiento y, si se quedaba, eso era lo único que obtendría.

–Por supuesto, si eso es lo que deseas. Tommaso te llevará al aeropuerto en una hora. Haré que recojan tus cosas y te las envíen. Te dejaré decidir en lo que respecta a nuestro matrimonio. He destruido el acuerdo, así que, aunque decidas separarte, no te faltará de nada. Lo único que te pido es que lo pienses bien antes de tomar la última decisión.

Si Cara necesitaba una señal, ahí la tenía: él ni siquiera había intentado convencerla para que cambiara de opinión. Al no poder articular palabra, simplemente asintió y después, antes de romperse en dos, salió del despacho.

Una hora después estaba esperando en las escaleras a que Tommaso volviera con el todoterreno. Oyó un ruido detrás y se giró; era Silvio, e inmediatamente se sintió hundida.

–Lo siento –le dijo con lágrimas en los ojos. El hielo que había cubierto su corazón se estaba derritiendo.

–¿Qué sientes? Tienes que hacer lo que tienes que hacer.

–Gracias por entenderlo.

Tommaso detuvo el coche en la puerta, y Cara se

agachó para besar a Silvio en las mejillas. Él le agarró la mano y le dijo:

–No creo que lo sepas, Cara, pero Vicenzo no había vuelto a esta casa desde que se marchó cuando tenía diecisiete años. Y aun así te ha traído aquí porque creo que sabía que, por primera vez, estaba dispuesto a volver a arriesgar su corazón.

Se vio tentada a ir a buscarlo, a preguntarle, pero tenía que ser fuerte porque al final, pasara lo que pasara, acabaría con el corazón destrozado.

Tenía que marcharse. Inmediatamente.

–Lo siento, Silvio –y con esas palabras subió al coche y giró la cabeza para que él no la viera llorar mientras se alejaba.

Cuando estaban llegando al aeropuerto y se disculpó ante Tommaso por pedirle que diera la vuelta, el hombre no pareció sorprendido. Y cuando le pidió que se detuviera en Tharros y salió de una pequeña boutique vestida con un sencillo vestido de tirantes blanco estampado con pequeñas margaritas, el hombre no dijo nada.

La villa estaba en silencio cuando regresaron y en ese momento creyó a Silvio, que en una ocasión le había dicho que hacía mucho tiempo que allí no se respiraba alegría. Se juró en silencio que haría todo lo que pudiera por cambiar eso, pero primero...

Respiró hondo y abrió la puerta del despacho de Vicenzo. Él estaba junto a la ventana, con las manos en los bolsillos, y se le veía tenso.

Cuando se giró y la vio allí, en la puerta y con ese vestido blanco, le pareció estar viendo un espejismo. Tenía que serlo. Parecía un ángel. No podía ser real.

Pero entonces ella comenzó a caminar hacia él y se puso de puntillas para rodearlo por el cuello y decirle:

–Siento haberme ido..., pero tenía miedo –lo miró con los ojos llenos de lágrimas–. No soy libre sin ti, Vicenzo. Tú eres mi libertad.

Su dulce aroma lo envolvió y le dijo que era real. Cara había vuelto a él vestida de blanco.

–Oh, Cara... –la abrazó tan fuerte que ella apenas podía respirar y hundió su cabeza entre su cuello y su pelo. La besaba mientras le susurraba–: La única razón por la que antes no he hecho nada es porque sabía que, si te tocaba, jamás podría dejarte marchar y después me odiarías por no haberte dado la oportunidad de irte. Pero no sabes lo duro que ha sido estar aquí y pensar que ibas a subir a ese avión... Incluso he pensado en emborracharme para evitar salir detrás de ti y traerte de vuelta.

–No he podido hacerlo –dijo ella mientras buscaba su boca para besarlo–. Dejar la isla, dejarte, era demasiado.

Se besaron como si fuera la primera vez, como si hubieran estado años separados, y cuando finalmente se apartaron, ella lo miró y sonrió.

–Enzo... Vicenzo... te quiero tanto...

Él sonrió también y su cuerpo se excitó ante la mirada inocentemente sexual que vio en sus ojos, ante la suavidad de su cuerpo. Le rodeó la cara con las manos y, con voz temblorosa, le preguntó:

–¿Te casarás conmigo otra vez, Cara? Aquí, en el jardín, delante de las personas que queremos... para que pueda demostrarte lo mucho que te amo y que te necesito...

–¡Claro que me casaré contigo! Una y otra vez, si

quieres –y acercó la boca a la suya para robarle el alma con el más dulce de los besos.

Era de noche cuando Cara se despertó lentamente. En ese momento de media ensoñación tuvo una momentánea sensación que le hizo abrir los ojos de repente para ver a Vicenzo a su lado, mirándola con gesto serio.

–Cara, nunca volveré a dejarte como lo hice aquella noche. Por eso nunca querías quedarte conmigo en la cama, ¿verdad? Temías que al despertar, esa mañana volviera a repetirse...

Cara asintió tímidamente y él la besó con intensidad, para demostrarle su amor, su devoción por ella.

–Siento haberte hecho daño.

–Pues no lo sientas. Ahora tenemos una segunda oportunidad.

Vicenzo acarició su vientre desnudo.

–¿Crees que esa segunda oportunidad podría incluir intentar tener otro bebé?

–No tienes que decirlo sólo porque...

–No, pero me alegraría que sucediera cuando tú estés preparada.

–Creo que con la facilidad que tenemos para quedarnos embarazados, puede que incluso ya lo estemos..., pero por si acaso, no tiene nada de malo intentarlo de nuevo...

Seis semanas después, volvieron a casarse en una ceremonia sencilla en el jardín de la villa con el centelleante Mediterráneo como testigo. Rob, Barney y Simon habían viajado desde Inglaterra para estar con Cara.

Recorrió descalza el pasillo de hierba del brazo de Rob, vestida con un traje sin tirantes de seda color crema que le caía sobre los tobillos. Su melena suelta, adornada con peonías, le caía sobre la espalda y no llevaba joyas a excepción de los pendientes de diamante que su marido le había regalado el día antes. Vicenzo contuvo las lágrimas al verla acercarse a él; nunca en su vida había visto una imagen tan maravillosa.

Él también estaba descalzo y llevaba unos pantalones negros y una camisa blanca abierta en el cuello. Sus ojos no rompieron el contacto ni un segundo y, cuando llegó el momento del beso, después de intercambiar los votos, Vicenzo le tomó la cara entre las manos y, antes de rozar sus labios, le susurró:

–Juro amarte siempre y besarte tanto como me sea posible, señora Valentini.

Cara contuvo las lágrimas y sonrió nerviosa.

–Bien. Pues date prisa y bésame, señor Valentini –y lo hizo durante un largo, largo rato... hasta que los invitados comenzaron a aplaudir, a reír y a suplicarles finalmente que pararan para poder seguir con la celebración.

Epílogo

OCHO MESES más tarde, y al despertar de la siesta, Cara sonreía adormilada al sentir unas fuertes manos apartarle a su hija del pecho.

—Es hora de que Sophia Allegra y su papá estén un ratito juntos para que mamá descanse.

Cara abrió los ojos justo a tiempo de recibir un largo beso en la boca; antes de que Vicenzo, o Enzo, como lo llamaba con frecuencia, le guiñara un ojo y cruzara el jardín hacia la cala con su hija acurrucada en su pecho.

Ella se alzó para ver a su marido alejarse con unos pantalones de bolsillos y su suave y bronceado torso desnudo. El corazón le dio un brinco, como le sucedía siempre que lo veía.

Y después, al no querer quedarse atrás, se levantó, se cubrió las caderas con un pareo, y fue a reunirse con su familia en la orilla del mar.

Vicenzo la rodeó con un posesivo brazo y la mirada que compartieron lo dijo todo. Ella lo abrazó por la cintura y, juntos los tres, se quedaron en la playa contemplando la puesta de sol otro maravilloso día.

Bianca

Aquél era un implacable acuerdo de matrimonio a la italiana

Nadie iba a obligar a un Marcolini a divorciarse. Y menos una ambiciosa mujer que podía marcharse con la fortuna de la familia. Antonio Marcolini estaba dispuesto a que Claire pagara. Y tenía el plan perfecto para vengarse: le exigiría que pasara tres meses con él, como marido y mujer. Nada conseguiría interponerse en su camino.

Pero Claire era inocente. ¿Cómo podía conseguir demostrarlo antes de que su marido le hiciera chantaje para que volviera a ser su esposa?

Amor a la fuerza

Melanie Milburne

¡YA EN TU PUNTO DE VENTA!

Acepte 2 de nuestras mejores novelas de amor GRATIS

¡Y reciba un regalo sorpresa!

Oferta especial de tiempo limitado

Rellene el cupón y envíelo a
Harlequin Reader Service®
3010 Walden Ave.
P.O. Box 1867
Buffalo, N.Y. 14240-1867

¡Sí! Por favor, envíenme 2 novelas de amor de Harlequin (1 Bianca® y 1 Deseo®) gratis, más el regalo sorpresa. Luego remítanme 4 novelas nuevas todos los meses, las cuales recibiré mucho antes de que aparezcan en librerías, y factúrenme al bajo precio de $3,24 cada una, más $0,25 por envío e impuesto de ventas, si corresponde*. Este es el precio total, y es un ahorro de casi el 20% sobre el precio de portada. ¡Una oferta excelente! Entiendo que el hecho de aceptar estos libros y el regalo no me obliga en forma alguna a la compra de libros adicionales. Y también que puedo devolver cualquier envío y cancelar en cualquier momento. Aún si decido no comprar ningún otro libro de Harlequin, los 2 libros gratis y el regalo sorpresa son míos para siempre.

416 LBN DU7N

Nombre y apellido _____ (Por favor, letra de molde)

Dirección _____ Apartamento No. _____

Ciudad _____ Estado _____ Zona postal _____

Esta oferta se limita a un pedido por hogar y no está disponible para los subscriptores actuales de Deseo® y Bianca®.
*Los términos y precios quedan sujetos a cambios sin aviso previo.
Impuestos de ventas aplican en N.Y.

SPN-03 ©2003 Harlequin Enterprises Limited

Deseo

Abandonados a la pasión

YVONNE LINDSAY

Huyendo de una desilusión amorosa, Blair Carson se había echado en los brazos de un guapísimo aristócrata italiano. Desde que sus miradas se encontraron, Blair había caído bajo el hechizo de Draco Sandrelli. Se había lanzado a la aventura con total abandono, sin pensar.

Pero había llegado el momento de enfrentarse a la realidad: estaba embarazada de un hombre al que apenas conocía. Draco exigía que volviera a la Toscana para tener a su hijo, pero jamás, ni en una sola ocasión, había hablado de amor.

Pasión en el palazzo

¡YA EN TU PUNTO DE VENTA!

Bianca

Él no descansaría hasta encontrarla y exigirle lo que le correspondía por derecho

Rachel Moore llevaba años enamorada del magnate maderero Bryn Donovan, desde que compartieron una noche ilícita juntos. Pero ella tan sólo era una empleada suya...

¡Lo que no sabía era que Bryn la había elegido para ser su esposa! Rachel estaba feliz... hasta que descubrió que la proposición del millonario se debía a la mera conveniencia. Ella era consciente de que él debía continuar la dinastía Donovan y, creyendo que no podía darle un hijo, salió huyendo.

Un amor desde siempre

Daphne Clair

¡YA EN TU PUNTO DE VENTA!